成り代わり令嬢のループライン

繰り返す世界に幸せな結末を

古宮九時

角川文庫
24535

成り代わり令嬢のループライン

繰り返す世界に幸せな結末を

古宮九時

主な登場人物

ローズィア・ペードン

田舎の子爵令嬢で、元日本人の転生者。惨劇を回避して2年間のループを断ち切り、未来を変えるために奮闘中。危険を顧みずいつでも前向きに進み続ける。

ユール・ラキス

身分を偽る東国ロンストンの第二王子で、ローズィアの幼馴染。ある理由で処刑されてしまう運命にある。無茶をするローズィアを呆れながらもそばで支える穏やかな青年。

ティティリアシャ・シキワ

ローズィアとユールの幼馴染で、ネレンディーア国で発見された妖精姫。ネレンディーアと妖精国の均衡のため、“妖精契約”を行う存在。自分の使命に懸命に生きる心優しい少女。

イラスト／NiKrome

1.

真白い大聖堂を突き破り、赤黒い巨大な力が立ち昇る。

天にまで届いた柱状のそれは、禍々《まがまが》しい風を発しながらゆっくりと回転していた。

「なんだあれは……」

特別な日とあって通りに出ていた街の人々は皆、空を見上げている。赤黒い柱は周囲の空気を巻きこんで回転しながら少しずつ太さを増しつつあった。穴を開けられた大聖堂の壁片が次々舞い上がり柱の中にのみこまれていく。

そんな終わりの光景を、私は長い階段の真下から見上げていた。大聖堂へと至るこの階段を駆け上がりたくて、でもできない。後ろから羽交い締めにされているからだ。

「離して……！　離して、お願い！」

私を羽交い締めにしている男もまた、呆然《ぼうぜん》とその柱を仰ぐ。

「何ですかあれは……」

「っ、行く！」

彼の力が緩んだ隙に、私はようやくその手から脱した。ドレスの裾《すそ》を掴《つか》むと大聖堂に続く階段を駆け上がり始める。

「ティティ……デーエンも……間に合って……」

大聖堂の中にいるであろう友人たちの名前を私は呟《つぶや》く。階段の終わりが近づくにつれて、いくつもの悲鳴が聞こえてくる。あと数段というところで大聖堂の扉が内側から開かれ、中から人々が溢《あふ》れ出てきた。逃げ出す彼らは濁流となり階段へ殺到する。私は危うく撥《は》ね飛ばされそうになって、階段の縁へと飛び移った。そのままスロープを駆け上がっていく。前へ。とにかく先へ。

人を掻《か》き分けようやく扉にまで辿《たど》り着いた私は、開かれたままのそこから中を見る。

広い聖堂内は、既に血の海だった。

「あ、」

ひたひたと、大量の鮮血が白い石床に広がっている。大聖堂の中央には、直径五メートルはあるだろう赤黒い柱が、天井を貫いて渦巻いていた。

それはどこからか溢れ出した膨大な力だ。今まで誰も原因を突き止められなかった力。

辺りには赤く染まった水晶の破片が砕けて散乱している。飛び散ったそれらは壁に突き刺さっているものもあり、私の策が失敗に終わったことを示していた。

赤い柱は竜巻のように渦巻いて上空へと流れて行く。柱の発生に巻きこまれた人間は、皆ばらばらの肉片に成り果てていた。立っている者はいない。柱の向こうは見えない。

私は、一番先に犠牲になっただろう友人の名前を呟く。

「ティティ……」

彼女の姿はどこにもない。きっと真っ先にのまれてしまった。

足が震える。知っていたはずなのに、初めて目にした惨劇に気が遠くなる。

倒れかけた私を追いついてきた男が支える。聖堂内を目にした彼は苦い声で言った。

「これは……妖精《ようせい》契約の儀が失敗したのですか」

柱が急激に膨らむ。

それを見た彼の判断は早かった。即座に私を肩に担ぎ上げると反転する。彼は大聖堂を飛び出すと階段を数段抜かしで下りていった。長いはずの階段をほんの十秒ほどで駆け下りると、大聖堂から距離を取って走り始めた。できるだけ遠い場所へ駆けていく。

通りに集まっていた人たちは、まだ何が起きているか分からないようだ。彼らは怪訝《けげん》そうな顔で赤黒い柱を眺めていた。私は肩に担がれたまま、すれ違う人々を見つめる。

「逃げて……」

口をついた言葉は、しかし誰にも届かない。彼は人の間を器用に縫って走っていく。何が起きているのか分からない人々を置き去りに、大聖堂が瞬く間に遠ざかる。

「逃げて……みんな走って！」

間に合うはずがない。それでも言わずにはいられない。

けれど私の声は、誰一人動かすことができない。――いや、違う。

「終わりにしないと」

無意識に口をついた言葉で、私は自分の役目を思い出す。

この話は「幸せにできなかった話」だ。だから本を閉じなければ。新しい次の本を捲《めく》るために。

「ユール、下ろして」

「下ろしたら死にます。あれはすぐに広がる。正体は不明ですが尋常じゃない力です」

「知ってる」

間に合わなかった。失敗した。これを止めるためにこの世界に来たのに。

私は、彼の広い肩を掴む。

「私、あなたを好きになってよかった」

でも、好きにならなければよかったとも思う。どちらの感情も真実だ。不遇な人生を送る彼が少しでも報われて欲しいと願った。無事に生き延びて自由になって欲しかった。けれど彼を助けることに夢中になって、きっと私は慢心していた。ここまで手を打っておけば、きっと大丈夫のはずだと。

ならば、この感情の責任は自分で取らなければ。

私は彼の背中に手を当てる。

「魔力徴発・転送・設定『ロンストン城』――起動」

「な……!?」

驚愕《きょうがく》の声を残して彼の姿は消え去る。彼の本来の居場所へ飛ばしたからだ。

代わりに私の体は地上に叩《たた》きつけられた。硬い石畳の上を転がる。痛みに息が詰まる。
でもそれが何だというのか。
私はよろよろと立ち上がると、人々をのみこみながら迫りくる赤い柱を見つめた。
この国は、今日滅びる。それはもう決定事項だ。でも次こそは。
私は拳《こぶし》を握る。きつく唇を結ぶ。悔しさが、決意が、その隙間から零《こぼ》れ落ちる。
これ以上は泣かない。今回は死ぬはずだった彼を救えた。それで充分だ。
だから私は笑う。眼前に迫る赤い柱を前に、貴族令嬢らしく優美に微笑んでみせる。
「次はちゃんと理想の結末にする。……任せて、真砂《まさご》」
私をこの世界に送ってくれた友達の名を呼んで、絶対に負けないと誓う。約束する。
そして私の体は千々に引き裂かれた。

八瀬《やつせ》咲良《さくら》。二十六歳、元派遣社員。
現、成り代わり令嬢。
異世界に来て最初の私の人生は、こうして終わった。

困り果てた時、誰かが颯爽《さっそう》と助けてくれるなんて幻想を私は持っていない。

私自身が何度か苦境を味わって人生の転回を余儀なくされた時、誰の助けの手もなかったからだ。

だから私は天から垂らされる蜘蛛《くも》の糸を期待しない。他人は私に都合よく動かない。でも、自分が人を助けるものになることはできる。

己の力を過信しているというわけではなく、単にそれなら自分で決められるからだ。

※

「いつまでも心に残り続ける物語って、何だと思う？」

山下《やました》真砂にそう聞かれた時、私は読み終わった本の感想を語り終えたばかりだった。

彼女のアパートの部屋には、余分なものが何もなかった。西日がカーテンのない窓から差しこむ時間、窓枠の影が長く伸びて床を斜めに切り分けていた。

真砂とは十ヵ月くらい前からの付き合いだ。

きっかけは、私がたまたま小説投稿サイトで真砂の小説を見かけて読んだことだ。その話がかなり好みで、三十万字を徹夜で読んだ勢いのまま長文感想を書いた。今思うと自分でもどこにそんな行動力があったのかと思う。熱に浮かされていたとしか思えない。

それは今に至るまでずっとそうだ。

真砂が更新する度に感想を書きこみ、彼女の書く話の続きが誇張ではなく生きる支えになっていた。ちょうどその頃は仕事で上司の汚職に巻きこまれて濡れ衣を着せられてたから、真砂の小説がなかったらどこかでぽっきり心が折れていたかもしれない。

そんな時に同人誌の即売会に真砂が出るって知らせを見て私は飛び上がった。当日は開場前に並んで真っ先に真砂のところへ向かった。製本された小説は透き通るような青い夜空の表紙で、それを見た時「私がずっと読んできた世界はここにあったんだ」と涙が滲《にじ》んだ。手紙だけを渡して緊張でろくに顔も見られなかった私に、真砂は「いつもありがとうございます」と言ってくれた。

そこから連絡先を交換して、会って話をするようになった。そんな仲だ。

今日はちょうど真砂の初投稿から一年で、どちらからともなく「会ってお祝いしよう」って話になった。二人で映画を見て、予約した店でケーキを食べて、真砂の部屋に来た。

テーブルの上には珈琲《コーヒー》の入ったマグカップが二つある。私が真砂に贈ったものだ。

「心に残り続けるって……綺麗《きれい》に終わった話とか？　ああでも気になるところで止まった話もそうか。続きがずっと気になっちゃう」

私に趣味はない。休みの日には家でずっとスマホを見てる。小説を読んだり動画を見たり、たまに映画に行くくらいだ。

両親も早くに亡くなったし、兄弟もいないから自分のことだけにお金を使っていいんだけど、お給料は高くないからそう豪遊もできない。幸いインドア派なのでこの生活も苦にならないんだけど。

小説はどんなジャンルでも読むけど、「いつまでも心に残り続ける」って改めて聞かれると難しい。一度読んだ話は全部覚えているけど多分そういうことじゃないだろうから。

真砂はそれを聞いて微笑む。西日のせいか、その顔が少し悲しげに見えた。

「わたしはね、悲劇で終わった話ほど覚えてるの。ああすればよかった、こうすればよかった、って思う話は忘れられない。ずっと後悔してる」

「それって、この話のこと？」

私は開いていた本を上げて見せる。A5サイズの分厚い本は彼女の新刊だ。彼女が書いて一冊だけ製本した本。『妖精姫物語』というタイトルのファンタジー小説で、これが十五巻目。

真砂が小説投稿サイトに載せたり印刷してイベントに持っていったりしているのもこれで、でも今は更新もやめて私にだけ製本して読ませてくれている。

美しく、必死で、ままならない人生を行く人たちの話。

叶《かな》えたくて叶わないものを描いた話。

この話が、私は大好きだ。

「そうだね。いつもバッドエンドになっちゃうの。付き合ってくれるのは咲良くらい」

「面白いってば。すごく人気もあったよ。確かに毎回バッドエンドだけど露悪的なところはないし、ああすればよかった、こうすればよかった、って主人公が思ったことがちゃんと次の巻に反映されているし」

この『妖精姫物語』は十五巻もあるけど全部が一冊一冊完結している。ローズィアって貴族令嬢に転生した女の子が主人公で、彼女が友人である妖精姫《ようせいき》のティティを助けるために奮闘する話だ。話の最後はいつもティティを助けられなくてバッドエンドになるんだけど、次の巻にはローズィアだけ記憶が持越しされるから「じゃあ次はこうしてみよう」って違う動きをする。

そうすると少しずつ未来が変わって面白い。まるでゲームの周回プレイだ。最後は変わらなくて、ローズィアが「また駄目だった」って絶望するんだけど。感想欄には「いい加減幸せにして！」「読者の心が先に死ぬ」ってコメントが多かった。気持ちは分かる。

でも、終わり方だけが作品の全てじゃないと私は思う。

「バッドエンドが好きなわけじゃないよ。ローズィアが頑張っているところが好きなの。他のキャラも立場の違いや明かせない意図ですれ違っているだけで、悪い人はいないでしょ。みんな最善を尽くそうとしているし、そういうところに好感が持てる。これお世辞じゃなくて。どんな終わりになってもローズィアが諦《あきら》めない限り私も追い続ける」

特に、何度バッドエンドになっても諦めずに次へ行く主人公のローズィアと、悲運で心優しい妖精姫ティティリアシャが好き。あとは……さりげないところで助けてくれるローズィアの幼馴染《おさななじみ》がかなり好き。かなり不遇なキャラなんだけど、自分が不利になるのを顧みずにここぞってところでローズィアに手を貸してくれる。感想欄だと「地味王」とか言われてたけど私は好き。毎回死ぬ場面になる度に吐いてる。

他のキャラも味があるし、好きなエピソードは読み込みすぎて設定資料集も作れそう。あ、作ったら次の巻を書くのに喜んでもらえるかな。

そのことは新作を読む度に真砂に力説しているせいか、真砂は声を上げて笑った。

「ありがとう。——ねえ、じゃあ咲良。お願いを聞いてくれる?」

真砂の声音が変わる。静かで、真剣な。

私は自然と居住まいを正した。

「お願い? 何? 聞くよ」

「まだ何か言ってないのに」

「言ってなくても。真砂のお願いなら聞くよ。無茶ぶりしてみて」

真砂は、不可能なことをこんな風に真剣に切り出さない。

そして不可能じゃないなら私は引き受ける。それだけの重みが真砂の願いにはある。

でも真砂はまだ冗談と思ってるみたいだ。口ごもってしまった。

だから私は笑ってマグカップを手に取る。

「私も、まだ真砂に言っていないことがあるよ」

一生言わないかもしれないと思っていた話だけど、言うなら今だろう。

「あなたのお話を見つけた時、私は疲れ果てて床に寝てた。『もう何もかもがどうでもいい』と思ってた。普通に生きていても、ある日突然波に浚《さら》われるみたいに自分の足場を全部持っていかれる。そんな目に何度か遭うと、生きることに大した価値なんてないように思えてくる。何も考える気力がなくて、だから読むものを探してた」

文字が頭の中を流れていれば、その間は何も考えずに済む。それくらいの気持ちで投稿サイトを見ていた時に、『妖精姫物語』と出会った。

「あなたの書く話を読んだから、私はやっぱりちゃんと生きようって思った。あなたと、あなたの描く人たちに顔向けできる自分でありたいって思った。だから今の私は、あなたが掬《すく》い上げてくれたものなんだよ」

真砂とあの話が私を社会や生活の中に繋《つな》ぎ止めてくれた。全てを失ってもなお人のために走れるローズィアを見て、人間はこうなれるはずだと踏み留《とど》まれた。

「ほら、無茶を言ってもいい気分になったでしょう？」

マグカップを置くと、その向こうの真砂は大きな目を瞠《みは》って私を見つめてた。彼女は何か言おうとして、けれどすぐにその言葉をのみこむ。黒目がちな目が伏せられた。

「そんな話を聞くと、やっぱり咲良しかいないって思っちゃう……でも咲良を巻きこみたくないのも本当……」

「言ってみて。これでも面倒事の処理には自信があるの」

決して楽な人生を送っているわけじゃないけれど、その分できることは多いと思う。

真砂はそれでも躊躇《ためら》っていたけれど、長い逡巡《しゅんじゅん》の後、ようやく口を開いた。

「……あのね、わたしがローズィアなの」

「え？」

「正確には、その本に出てくるローズィアがわたし。わたしの前にもおそらく何人かローズィアがいて、でも誰一人結末を変えられなかった。できなくて、耐えきれなくなって、次の誰かを選んでバトンを渡す。それをわたしたちはずっと繰り返してきた」

「……それは本の中の話？」

確かに一巻の時からローズィアは「起こり得る未来」を知っていた。

そもそもこの話は彼女が知った未来を避けるために奮闘する話だ。

でも、「どうして未来を知っているか」は作中に書かれていない。

真砂はその答えを私に告げる。

「違うよ。現実の話。それはわたしが経験したことを全部書いてお話にしたの。だからその巻で終わり。もう続きはないの」

「終わりって……」

どう見ても完結してない。妖精姫はいつも通り死んで、舞台になっているネレンディーアは滅ぶ。何もかも手詰まりだけどローズィアは諦めない。そういう話のはずだ。

真砂はテーブルの中心に手を伸ばす。

「――魔力徴発・発光」

作中でローズィアが使う力。それは三度目のループで聖女が彼女に与えたものだ。触れたものの魔力を強制発動する力。魔法を使う者がほとんどいない作中で、その力はしばしばローズィアと妖精姫を助けてきた。

何もないテーブルの中央がうっすら青く光る。

でも淡い光は一瞬で消えた。物語の設定で言うなら「魔力がほとんどなかった」んだろう。そんなことを考えながら私は自分の口を押さえていた。無意識のうちに今見た非現実を咀嚼《そしやく》しようとする。

「咲良、聞いて。わたしじゃ駄目なの。どうしてもティティリアシャを救えない。もう何も思いつかない。だから次の人に全てを伝えるためにそれを書いたの。次のローズィアを探すのに使える時間は一年間、今日がちょうど期限の日」

物語を語るように真砂は訴える。

私はそれを疑えない。彼女は泣いていたから。

「どうかお願いを聞いてくれる？」

テーブルの手が伸びてきて、私の手を握る。天板の上にぽたぽたと涙が落ちる。

「ずっと探していたの。わたしが経験した全てを受け取って覚えていられる人。『こうしてみればいいのに』って考えられる人。決して折れない人」

「真砂、それは……」

過大評価だ、と言いかけて私はのみこむ。そんなことは読者なら誰だって考える。思いつく。今まで口にしてきたのはただの無責任な意見で、何も知らない外野の感想だ。

でも言えない。それは真剣な真砂に返す答えでは少しもない。

真砂の手に力がこめられる。私の手に彼女の指が食いこむ。

「咲良、あなたはあの世界の人たちを愛してくれている。だから頼むならあなただと思った。あなたならやってくれるかも、って……」

真砂はそこで言葉を切った。涙を流したまま彼女の顔から表情が消える。たった今口にしたことを後悔するように俯《うつむ》く。──その仕草を私はよく知っている。

ローズィアが傷ついて、でも誰にも頼れない時に見せる仕草だ。一人だけ未来を知っている彼女が一人戦い続ける時に、折れてしまいそうな時に見せる顔。

その傍らに私がいられたらいいと、思ったことは何度もある。ローズィアは私のただ一人の友達に、真砂によく似ていると思っていたから。

私があの日起き上がれたのは『妖精姫物語』を読んだからだ。

けれどそれ以上に私を留まらせてくれたのは、支離滅裂な感想に返ってきた真砂からのメッセージだった。

『更新を続けるか迷っていましたが、あなたの感想に救われました』

そんな言葉から始まる丁寧な返信は、社交辞令だとしても私には衝撃だった。うまくまとまらない自分の感情が誰かの支えになれたこと、礼に礼を返されたことに驚いた。

何度足場を失っても、まだ自分が生きることに価値が見いだせるかもしれないと思った。

あの時から今まで、真砂は私の特別だ。

「やるよ」

気づけばそう口にしていた。

これが夢だったら、明日《あした》真砂に笑って話せばいい。

冗談だとしたら、二人で笑い飛ばせばいい。

そして真実なら、決して笑わない。

「やる。私が何とかする。だから真砂、知っていることを全部教えて」

真砂は私を見つめてぼろぼろと泣き出す。

「ご、ごめんね、咲良……ごめん」

「謝らないで」

あの十五冊が全部真砂の話だというなら、どれだけ一人で戦って苦しんできたのか。

本に書かれていたローズィアの心情は、極めて抑えた筆致だった。ストイックだった。

そこには真砂の性格がよく表れている。

「大丈夫。私を頼ってくれてありがとう」

「で、でも咲良、本当に……嫌なこともいっぱいあって……」

「知ってる。それでも楽しみなこともあるから」

嘘じゃない。正直な気持ちだ。驚いて顔を上げる真砂に、私は告げる。

「真砂の大事な人たちに、ティティリアシャに会いに行くよ」

そして……私が一番好きな彼女たちの幼馴染《おさななじみ》、不遇の運命を負うユールにも。

私があの世界にいたなら、彼の運命を変えたいと思っていた。

それが、叶《かな》うかもしれない。

「真砂みたいに好かれるのは無理でも、皆を助ける。私が真砂の願いを叶える」

他人には軽い気持ちで約束しているように見えるかもしれない。

でも真砂や『妖精姫物語』の世界以上に、私が大事にしているものなんてない。

その全てを守るために。友達の願いを叶えるために。

世界を越える理由なんてそれで充分だ。


そうして私は私の大事な人たちのために、十六歳のローズィア・ペードンになった。

今度こそこの物語ならざる歴史を、幸せに終わらせるために。

※

「失敗した……！」

思いきり叫ぶ。叫んだ自分の声で飛び起きる。

そこは私、いや、ローズィア・ペードンの部屋だ。

天蓋《てんがい》付きのベッドはあちこちが白いレースでかざられている。鏡台もキャビネットも白で統一されていて、差し色はピンク。絵にかいたような姫系インテリアの部屋。私の趣味より大分装飾過多。そういう私も、白いレースのネグリジェだ。

「初回は気にならなかったけど、リスタート地点がこれって脱力する……」

いや、でも牢屋《ろうや》の中とか赤ん坊とかで始まるよりいい、はず。

私は自分をそう奮い立たせてベッドから降りる。三面鏡を開いてその中を覗《のぞ》きこむ。

波打つプラチナブロンドに青い瞳《ひとみ》。透き通るような白い肌。人形のように整った顔。

――小説の中だとそっけない外見描写だったけど、実際見たらすごい美少女だった。

これにタイトルをつけるとしたら、なんだろう、えーと『友達から譲り受けた成り上がり令嬢、外見だけは高スペックです！』とか？　話の内容全然入ってない無理。私に小説は書けない。

「真砂だったらきっと儚《はかな》げな美少女だったんだろうけど……」

人間どうしても中身が顔に出る。年齢が上がれば上がるほどそう。だからローズィアの体も私が使っている以上、薄幸の美少女のような印象にはならない。

私は引き出しからリボンを取り出すと、ピンを口にくわえながら長い髪を邪魔にならないようポニーテールにする。真砂のキャラデザだと髪を下ろしてたんだけど、もう原作準拠は無理。たちまち鏡の中のぼやけた人形は、出勤前の社会人の顔になっていった。

十六歳、田舎の子爵令嬢。

リスタート二回目。

ここから「妖精《ようせい》契約」の儀式が行われるまでの二年間が勝負だ。

「妖精国に近しい国ネレンディーア、か」

ネレンディーアは、千年近い歴史を持つ小さな君主国だ。

南は険しい山脈に面し、南東から東にかけては乾燥した土地が広がっている。北部国境には五百年ほど前に築かれた砦と砦壁《とりで》が残っているけど、ここ四十年ほどはこの砦壁を使うような戦争は起きていない。これはネレンディーアが強国になったからというより、今のところ周辺の情勢が安定しているからだ。

この国の理念は「自然と融和して生きる」で、主な産業は農耕と彫金。「自然融和」なんて聞くと、緑豊かな国を連想するけど、実際は少し違う。この国の言う「自然」は妖精のことだ。この世界のすぐ傍には、人間が見ることも訪れることもできない妖精国があると言われている。ネレンディーアと妖精国は互いに均衡を取り合っていて、どちらかに災いが起きればもう片方にもそれが及ぶらしい。

けど妖精国についての言い伝えがあるのはこの世界ではネレンディーアだけ。穿《うが》った見方をするなら「かつての自然災害を妖精という形で畏《おそ》れることから始まり、今では国の観光資源として利用している」というところだけど、そんな常識を裏切るものが一つだけある。――妖精姫だ。

百年から二百年に一度、妖精国からネレンディーアに遺棄される妖精姫は、ある一点を除いて人間の子供と変わらぬ姿をしている。それは背中に生えた二対の薄羽で、発見された妖精姫は国で厳重に保護され育てられる。やがて成長した暁には妖精姫は王家の男子の一人と契約してその妃になり、両国の均衡は補強される。これが妖精契約だ。『妖精姫物語』の作中で最大の問題になっていたのがこれで、今から二年後にティティが行う契約は何故かあの赤黒い柱が召喚されて失敗に終わる。柱は建物を破壊し、人々をのみこみ、王都を滅ぼして終わる。その後は、二年前の今日この部屋に時間が巻き戻るって感じだ。

ローズィアの目標はその妖精契約を無事に終わらせること。正確には「どうして妖精契約が失敗するのかを突き止めて防ぐこと」だ。真砂はこれを十五回やって十五回失敗した。万策尽きたというところだ。それを私が引き継いだ。

真砂の話では、彼女の前にも何人かローズィアはいて、ただ真砂自身はちゃんとした引き継ぎを受けなかったそうだ。真砂は「異世界で二年間を繰り返す生活だけど、いい暮らしができる。嫌になったら別の誰かを探して代わればいい」と言われてローズィアを引き受けたらしい。

そんなわけで遡《さかのぼ》ればオリジナルのローズィアもいるんだろうけど、本来のローズィアがどうなったのか、何故時間遡行《そこう》を繰り返しているのか、引き継ぎができるのか、などの理由は分からない。この世界には「魔力を持った人間」はいても、「魔力を魔法として行使できる」人間は極稀《まれ》だ。このやり直しについても何らかの不思議な力で起きているのだろうが、それが何かは不明。他に前の記憶を保持している人も見つかっていない。ここにいるのは私だけだ。

でもあんなに詳細に十五回分もの情報をもらって、弱音を吐くなんて選択肢はない。

私は手早く身支度を済ませると食堂に向かう。自分でドアを開けると同時に挨拶《あいさつ》した。

「お父様、おはようございます！」

「おはよう、ローズィア……いやに今日は元気だね」

「挫折《ざせつ》を経て心境の変化がありました。今日からはこれでいきます」

「あ、ああ……うん？」

いい加減な朝の挨拶をして、私は朝食のテーブルにつく。

一回目は「うわあ、本当に小説の中の世界だ」って驚いて、できるだけ話の中の「ローズィア」を遵守しようとしたけど、一回失敗して分かった。外面は使わなきゃいけない時と使わなくていい時がある。ローズィアのお父さんは後者。おおらかで娘を溺愛《できあい》しているから、多少の性格のぶれも大目に見てくれそうだ。寛容な父親で助かる。

そもそも私が読んだ十五回分のローズィアも途中から真砂そっくりだったんだから、真砂も「貴族令嬢らしく振舞っている場合じゃない」って思ったんじゃないだろうか。

何しろローズィアには時間がない。

この世界、というかこの国は、今日からきっかり二年後に滅びる。

滅びてその日にループが発動して今日に戻る。

真砂は十五回分の運命に挑んで、この舞台から降りた。それはけれど、同じ時を繰り返すことに疲れたからという理由ではない。自分より上手《うま》くやれる人間を探してループから降りた。でなければあれほど長い話を書き上げたりはできない。

私に引き継いだ後の真砂がどうなるのか、彼女は明言しなかった。

ただ私には「一度引き受けたらもう元の生活には戻れない」とくどいくらい念を押してきた。「次のローズィアを探すのに許された時間は一年だけ」と言っていた真砂の部屋には物がほとんどなく、引き受けた私に何度も「ごめんね」と謝っていた。そこから自分たちの結末を察するのは簡単だ。でもお互い別れの言葉は口にしなかった。

「ローズィア、今日はお父さん予定ができて、買い物に付き合えなくなったんだ」

「知っているわ。新しい貿易商との商談が入ったんでしょう？　私もそちらに行きます。午前の内に資料をまとめるわ」

「え？　え？」

私はてきぱきと食事を取る。

テーブルに並んでいるメニューは硬めのパンと野菜スープ、戻した塩漬けの肉とシンプルなものだ。貴族と言っても山際の小さな領地を持つ名ばかりの貴族だから、質素倹約が板についている。

この土地は辺境ではあるけど国境に近い側は険しい山で自然の要塞《ようさい》だし、軍備の必要もない。ただ昔から空気がよくて王族とかの療養に使われる離宮があって、それを管理するためにもともと平民だったこの家が何代か前に爵位をもらったって由来だそうだ。

ただこの先、単なる田舎貴族のペードン家に転機が訪れることを私は知っている。

数ヵ月後、領地内に「純魔結晶」の鉱脈が発見されるんだ。これは魔力を吸いこんで溜《た》める性質のある貴石で、金よりも高価な値段で取引される。おかげでペードン家は王の覚えもよくなってローズィアは一年後には王都内の貴族学校に入学できる、という流れだ。前回私もやった。

――でもそれじゃ遅すぎることも分かった。

私は朝食を食べ終わるとスプーンを置く。

膝《ひざ》の上に両手を置いて姿勢を正す。ローズィアの父親を見つめる。

「お父様、私を信じてくださいます？」

目の前にいるこの人に、申し訳ないとは思っている。彼の本当の娘はもういない。彼にとっての「昨日」まではいたけれど、「今日」からは違う娘だ。

それでも、そんなローズィアたちを彼は毎回変わることなく愛してくれた。前回の、あちこちアラが出た私に対してもそうだ。

だから彼には申し訳ないけれど、彼の愛情については信じている。

その上で、最低限の仁義は通しておきたい。

人の善さが顔に出ている彼は、困ったように微笑んだ。

「なんだい、あらたまって。いつも信じているよ。君は私の大事なお姫様だからね」

予想通りの答えに、半分嬉《うれ》しくて、半分泣きたくなった。

お父さん、今回は絶対絶対、この国を守りきるからね。

だから手段を選ばず、全速力で行かせて。

午後の商談の席で全員の挨拶が終わると私は切り出す。

向かいに座る、ローズィアの幼馴染《おさななじみ》の男に向かって。

「ユール・ラキス、お久しぶりね。これを機に私と二年くらい婚約しましょう」

私の選んだ最速の切り札は、その場の全員を無言にさせた。


真砂の書いた『妖精姫物語』において、ユール・ラキスは、ローズィアの二人いる幼馴染の一人として描かれている。

彼はローズィアより三歳年上の現在十九歳。錆色《さびいろ》の髪を後ろで縛り、日に焼けた肌の彼は、いつも穏やかに笑っている。そのおかげで背が高いのに威圧感はほとんどない。

コメント欄での通称は「地味王」「茶色熊」とか。私の推しなんだけど、どっちも言い出したの誰ですか。「せめて髪か肌かどっちか色を変えて欲しかったな、作者……」ってコメントも見たことあるけど、それは真砂じゃなくてユール本人に言うべきだったと思う。機会があったら私が言おうか。今度こそ。

彼は子供の頃この土地に療養名目で住んでいて、ティティとローズィアはよく年上の彼に遊んでもらっていたらしい。と言っても、そのローズィアは私でも真砂でもないので周囲からの伝聞だ。三人は二年ちょっとの間、毎日のように顔を合わせていたけど、先にティティが大貴族の養子に決まって王都に引っ越し、その後にユールが国に戻ったという感じだ。子供時代の二年は濃密だから、きっといい思い出だったんだろう。

不遇な運命を負ったユール、ティティと並んで私が助けたいもう一人。

彼は笑顔になりきれない強張《こわば》った顔で聞き返す。

「……ローズィア、どうしたんですか急に。ローズィアですよね？」

「大丈夫、私よ。七年ぶり。突然の発言だっていう自覚もあるわ。でも真剣なの」

できるだけ早く用件を伝えようとすると、どうしても情報量が犠牲になる。

でも説明する気はちゃんとある。そして彼は、無茶苦茶な話でも聞いてくれるはずだ。

今のユールは旅の歴史家で、様々な国や街を巡って顔の広さで人と人を繫《つな》いでいる。

今ここに同席しているのも、知り合いの貿易商に頼まれての顔繫ぎだ。

ただ、それが彼の表向きの顔でしかないと判明するのが『妖精姫物語』の七周目だ。

「お父様、あとは若い二人だけでお話しさせて頂きますわ。お仕事の交渉についてはここをご覧になって。ここここに書いてある数字は絶対譲っては駄目です。いいですか？」

「あ、ああ。うん、わかった……お前もがんばって」

「頑張りますわ」

彼との婚約が、私の考える最短ルートだ。私はユールを誘って中庭に出る。「困ったな」って当惑顔をしていたユールは、人気のない庭に出るなり私に言った。

「あなたは本当にローズィアですか？」

――ああ。

怪訝《けげん》そうな、少し心配そうな。

その低く穏やかな声を懐かしいと思う。前回も私は同じことを同じ声で聞かれたんだ。今回よりずっとちゃんとローズィアらしくしていたのに見抜かれた。

もう消えてしまった記憶だ。私は目を閉じて、溢《あふ》れかけた感情をのみこむ。

今は自分のことより大事なことがある。

「一応、本当にローズィアなの。七年ぶりだからそう見えないかもしれないけど」

「そう……ですか。疑ってすみません」

申し訳ない感二度目だ。彼の知っている子供のローズィアは私じゃない。ローズィアを継承した私たちは、十六歳のこの時からスタートする。だから私も真砂も、子供の頃の話を伝聞でしか知らない。

でも、私が知っていて彼が知らない記憶もたくさんある。

彼が真砂にしてくれたことや、私の前回の記憶がそれだ。

「とりあえず、不審な求婚の理由から説明するわ」

「不審の自覚はあるんですね」

「客観視はちゃんとできるのよ。二の次にしてるだけで」

ローズィアの中身が変遷しているという情報は、とりあえず伏せる。それは今のところ削っても支障がない。彼に提示するのはもっと別のことだ。

「ユール、まず情報を『核心』『中庸』『小手先』の三段階に分けるとして」

「小手先？」

「核心に近いほど信じがたい話になるわ。小手先だけ聞いても納得できるだけの理由は説明する。どれがいい？」

「なら核心で」

「実は私は未来から戻ってきたの。二年後にこの国が滅ぶからそれを防ごうとしてる」

「………………」

「その顔！　自分で選んでおいて！」

だから信じがたい話って言ったのに。

でもここは我慢。ユールはそれを選ぶだろうし、こういう顔をするって分かってたから。前回はだてに結婚してない。

「証明はできる。私は先のことを知っているから。あなたの本当の身分も知ってる」

ユールは軽く目を瞠《みは》る。

でもそれはほんの一瞬だけだ。動揺を窺《うかが》わせるほどじゃない。すぐに彼は苦笑した。

「本当の身分とは？　僕は単なる根無し草ですが」

「浮いている身分という意味では根無し草なのかもしれないけど。あなたはロンストンの次期王、それも『儀式王』。そうでしょう？」

ユールは、今度は驚かなかった。驚きを表面に出さないよう身構えていたのだろう。そしてそれを相手には窺わせない。複雑な立場の彼はそういう処世術を身に付けている。彼は、東の国ロンストンの次期王位継承者だ。

もっともそれは便宜上の王。ロンストンには「十四人周期で王が夭逝《ようせい》する」って言い伝えが昔からあって、ちょうど次がその当たりの代。

だからユールは約一年後、三日間だけ玉座につくことが決められている。「儀式王」というのは通称だ。その三日が終わると彼は毒杯で処刑される。この事実は彼には伏せられてるはずだけど……本当は彼も気づいているんじゃないだろうか。

ユールは微笑む。そのどこか諦《あきら》めたような寂しげな笑顔が、私は好きだ。

「なるほど。でも僕の正体なんて、知ろうと思えば知れるものです」

「だとしてもこんな田舎の貴族令嬢には無理ね。あともう一つ証明になるのは五日後の話。ロンストンの北西部の街で落雷事故が起きるわ。それが原因で納屋が燃える」

この知らせがうちにまで届くには更に二週間かかるんだけど、仕方がない。ユールの信用を得るまでは別のことを進めよう。やらなきゃいけないことは他にもある。

次のことを考える私に、彼は別のことを聞いてくる。

「この国が滅ぶのと僕と婚約するのにどういう関係があるんですか？」

「できるだけ早く貴族学校に入学したいわ。二年後の妖精《ようせい》契約の儀式に出席したい。そのために人脈を作らないと。あなたの婚約者なら入学の推薦がもらえるわ」

前回最大の失敗は、妖精契約の儀式に立ち会えなかったことだ。そこは絶対に解決しないといけない。居合わせなければ何も止められない。

「妖精契約……ネレンディーアの祭事か。二年後にあるんですね」

「発表されるのは一年後だけどね。今の段階で知っているのがばれると捕まるから黙っていて」

「妖精契約の儀式に出席してどうするんです？」

「妖精姫と第一王子の契約の場に居合わせたいの。事故が起きるから」

「事故？」

「赤黒い魔力の奔流がどこからともなく湧き出てきて国をのみこんで終了」

投げやりな言い方になってしまったのは否めない。何十回も小説として読んでいた終わりに自分で向き合うのは、想像を絶する恐怖だった。思い出すと足が竦《すく》む。私も「真砂から任された」って理由がなかったら逃げたかったかもしれない。

でも、たった一回だ。真砂は今まで十五回失敗して、そのうちの十一回死んでる。

私が一回で投げ出すなんてありえない。

それに——助けたい相手は他にもいる。

「犠牲になる妖精姫は、ティティよ」

ユールが虚をつかれた顔になる。

私は前回の記憶を思い出す。妖精契約を果たせば妖精姫は一生籠《かご》の鳥だ。おまけに今回の妖精契約は何もしなければ失敗することが決まっている。

だから前の私はティティに聞いたんだ。「妖精契約をやめて一緒に逃げないか」と。

物語の中で懸命なティティが好きだった。力がなくても踏み止《とど》まる彼女が。

実際に会った彼女は、私が抱いていた印象よりももっとか細く……強かった。

妖精契約は何一つティティを幸せにしないのだと、人生を奪っていくだけなのだと訴える私に、彼女は涙を滲《にじ》ませながらも首を横に振った。

『いいの、ローズィア。この契約にはきっとわたしが一生を懸けるだけの価値がある。貴女《あなた》が生きる国を守れるんだもの』

その意志に胸打たれた。

強く、健気《けなげ》で、自分を顧みない。誰より優しくて不器用な妖精姫。彼女がローズィアを裏切ったことは一度もない。いつだって震える足で運命の上に立ち続けている。

そんな彼女を私は助けたい。絶対に退かない。

でもそれらは全て私の拘《こだわ》りに過ぎないから、頼む姿勢は忘れぬようにしなければ。

「以上が私の出せる情報です。嘘はついてない。協力してくれることを期待するわ」

両手を前に揃えて、頭を下げる。

日本式の礼だけど、これは私の身に染みついていて未《いま》だにやってしまう。前回はユールに「あなたがか弱い人間に見えて落ち着かない」ってよく言われた。どういう意味なの。か弱いでしょうが。

　でも実際、私が尽くせる礼はこれくらいだから。

　顔を上げるとユールは軽く眉根《まゆね》を寄せていた。やっぱり難しいお願いだったようだ。

「無理を言ってごめんなさいね。戻りましょう」

　彼に背を向けたところで、たちまち疲労感がのしかかってくる。

　いやまだ一日目だ。あと二年あるんだから頑張らないと。

「ローズィア」

　私の背に彼の声がかかる。首だけで振り返ると、ユールが私を見ていた。

「どうして僕を選んだんです？」

　手の内を明かして助けを請う相手は、何も彼でなくてもよかった。ティティの現在の居場所は分かっている。彼女のところに行くでも、第三王子であるデーエンに訴えるでもできはする。或《ある》いはこの国唯一の魔女、アシーライラを探して取引を申し出る手も。

　でも私は。

「あなたが一番、柔軟な思考を持っている。どんな話でも突っぱねないで考えてくれる」

　ローズィアの周りにいる人間の中で、彼が一番柔らかい頭を持っている。既存の発想にとらわれず、思いきりがよく、誰かを助けるためなら枠外の手段だって取ってくれる。

「機転が利いて、隠してるけど高潔で、信用できる」

　彼があちこち回って歴史家をしているのは、「どうせ夭逝する人間だから」って自由が与えられているからだけど、彼を選んだのはその自由を彼が見知らぬ人のために使おうとしているからだ。各地を回って人の話を聞いて人を助ける。地味かもしれないけど、私はそれができるこの人を高潔だと思う。

「頼るならあなただと思った。あなたは、人が真剣に話すことを嗤《わら》わない人だから」

前回の私は、未来を知っていることを彼に言わなかった。言わずに動いていたから、はたから見たら怪しい動きもたくさんあっただろう。でも彼は呆《あき》れることはあってもいつも助けてくれた。私が必死になっていることを軽んじたりは一度もしなかった。

失敗したのは私だ。彼の処刑を回避しようとして彼と結婚した。そしてロンストンの政治に介入した。その結果、私は妖精契約への出席資格が取り消されてしまった。

自分は何種類もの未来を知っているから、全部の問題をどうにかできるだろうなどと油断していた。結局何も救えなかった。愚かな結末だ。思い返すと自己嫌悪に陥りそう。

肩を落としながら帰ろうとする私に、ユールは言う。

「分かった。その婚約を受けましょう」

「え」

なんで。そう思ったのを思いきり顔に出す私に、彼は笑い出す。

「あなたがそんな嘘をつく意味はないでしょう。それに、自分から核心を聞いておいて『荒唐無稽《こうとうむけい》だから信じない』は誠意に欠けます」

「そうだけど……」

涙が滲《にじ》みそうになって目を閉じる。彼は、絶対味方になってくれる——そう信じてるけど、こんなすぐに受けてくれるとは思わなかった。私は幸運だ。

彼は胸に手を当てて礼の姿勢を取る。その優美さは紛れもない上流のものだ。

「あらためてユール・ラキス・ロンストンです。よろしく婚約者殿」

「ローズィア・ペードン。それ以外の名前はもうないの」

軽く膝《ひざ》を折ってカーテシーを。これはこの世界にもある作法だ。

「ありがとう、ユール。あなたの信頼はこれから築くわ」

だから、願わくは今回も彼の命を救えるように。

これが恋にならなくていい。ならない方がいい。

微笑んで顔を上げた私を、ユールはまじまじと見つめる。

「……そうされると、あなたがまるでか弱い人間に見えますね」

「か弱いでしょうが」

魔力徴発して国に飛ばしますよ、旦那様《だんなさま》。

商談の場に戻って「婚約しました」と言ったら、父の顔は貧血みたいに真っ白になっていた。本当にごめんなさい。それでも「はは、よかったね……おめでとう……」と言ってくれたあたり懐が深い父親だ。彼がローズィアの父で本当によかったと思う。

私はその場でまとまりかけていた商談にいくつか修正をお願いし、追加で新規鉱脈の発掘手配を頼むと、別室でユールと相談に入る。小さな応接室は壁紙も日に焼けて、丈夫な年代物の調度品が置いてあるだけの簡素な部屋だ。王都の貴族令嬢なら恥ずかしく思うかもしれないが、私は特に気にしない。ユールもそうだろう。

召使がお茶を用意してくれると、私はユールとテーブルを挟んで向き合った。

「まずは情報整理から始めましょう」

「君から言い出してくれるとは思いませんでした。てっきり訳の分からぬまま振り回されるばかりなのかと」

「そこまで自分に自信があるわけじゃないの。前回も失敗してるし」

「どうして失敗したんです？」

「色々あったのよ……」

ユールを助けたことが直接の失敗の原因だとはまだ決まっていないし、早々に士気を下げたくない。何より私がしょげそうになるから、前回については何が問題だったか分解したい。というわけで、私が知っている未来の主要ルートを公開。

「まず妖精《ようせい》契約について、あなたはどこまで知ってる？」

「対外的に公開されていることくらいです。ネレンディーア伝統の祭事ですよね。不定期開催みたいですけど」

「面白祭りみたいに言わないで。妖精姫がいなくちゃできない儀式だからでしょうね」

妖精姫の出現に決まった周期はない。妖精姫は発見され次第大事に育てられ、十八歳になった時に妖精契約が行われる。この儀式によってネレンディーアは安定して恵まれた時代を得ることができると言われてる。私の部屋みたいにふわふわしたご利益だ。

「その妖精契約の現場で事故が起きるの。妖精姫と第一王子が指輪を交換した時に、赤黒い魔力の柱が出現するわ」

私は前回その場にいられなかったんだけど、真砂は何回か直面してて、私もその場面を読んだことがある。というか、ここに原因があるって判明するまでに何回もバッドエンドを迎えてた。真砂でそうだったんだから、その前のローズィアとかはもっと何も分からないまま終わってたんじゃないだろうか。

「出現した魔力の柱に捕まれば全部引き裂かれる。それがどんどん膨らんで、気づいた時には私は今日の朝に戻ってるの」

「……言いにくいのですが、夢を見ているわけではないですよね？」

「それが一番ありがたいわ。そうだったらあなたのことは二年後に解放してあげる」

軽口を叩《たた》くとユールは苦笑する。あ、やっぱりこの人自分が一年後に処刑されることを知ってる。二年後が自分にはないって分かっているんだ。これは士気に関わる。

「協力してもらう代わりと言ってはなんだけれど、あなたのことは絶対助けるから」

「え？」

「なんで知ってるのか、とかは二度目だから省略させて頂戴《ちょうだい》。大丈夫。ティティと違ってあなたは絶対助からないってわけじゃないから」

真砂の十五回と私の一回を足すと、絶対に毎回助からないのはティティだけだ。それ以外は妖精契約に出席している人間は大体死ぬから、第三王子のデーエンや貴族の名士たちも死亡率が高いのだけれど、そもそも彼らは妖精契約に出席しなければ助かる。

対して、基本的に妖精契約に出席しないユールの死亡率は七割を超えている。やはり儀式王ってところが大きいんだろう。

ちなみに同じ七割超なのがローズィア。これは毎回色んな方法を模索して違うところにいたり、そもそも当初は原因不明でループしてたことが響いていると思う。

ユールは「信じなきゃいけないけど信じがたいな」って顔で私を見ている。多分この顔、あと五百回は見そう。

「ちなみに、後学のためにどうやって僕を助けるのか聞いていいですか？」

「前回はロンストンの議会に乗りこんだわ」

「できれば他の方法でお願いしたいんですが」

「自分の命がかかっているのに議会の心配とは余裕があるわね」

「そういう言い方をされると、まるで議会を破壊してきたみたいに聞こえるんですが」

「誘導尋問はやめてちょうだい。破壊はしてません」

ただ直前に結婚して、ネレンディーアの貴族の妻がいるのに処刑は外交問題になるぞ、って切りこんで、ついでに汚職議員たちを告発一掃して処刑宣告を取り下げさせただけだ。ユールの次に即位予定のお兄さんは弟の処刑を知らなかったし、いい人だったから話が通った。

前回はこういう風に根回し重視で動いてネレンディーア宮廷にも相当食いこめていたし、全てが上手《うま》くいっていると思ってた。予習だけがっつりしてある初心者みたいな驕《おご》りだ。へ、凹《へこ》むぅ。

「なんで急に突っ伏したんですか」

「定期的に来る波だから気にしないで……」

これを十五回もやった真砂はすごい。あれだけ詳細に書いていたってことは、全部覚え続けてたってことだろうから。どんな気持ちでそれらを小説に書き起こしたのかってところは想像すると泣くから駄目。

「ともかく、穏便に何とかする手段はあるから、二年後まできっちり婚約者でいて」

己の驕りが胃をもりもり焼いているのが辛《つら》いけど、失敗は生かしていかないと。私はユールの無言を了承とみなして話を戻す。

「前回は、妖精契約を行う大聖堂に大量の純魔結晶を置いてもらったの」

「魔力を吸い取る結晶ですか。でもあれは貴重な鉱石ですよ」

「もうすぐがんがん出るから大丈夫」

そのがんがん出た純魔結晶の何割かをプールしていって、当日聖堂に持ちこんでもらったってのが私の対策。以前、真砂とお茶してた時に「こういうやり方もあったんじゃ」って言ったことがあるんだよね。真砂は「そっか！　やってみればよかった！」って感心してくれたけど、あの頃はまだ真砂がローズィア本人だと知らなかったから無神経なことを言ってしまった。おまけに読者としてもネタ潰《つぶ》しだ。さ、最悪。

「どうしてまた突っ伏したんですか」

「己の愚かさに焼かれ続けてて……」

駄目だ……こんなに頻繁に凹んでいたらあと二年もたない。五体投地は今日で終わりにしよう。よし、よし、大丈夫！

「結論から言うと失敗したわ。純魔結晶は全部砕けてた。魔力を吸収しきれなかったんだと思う」

「ちなみにどれだけ運び込んだんですか」

「七百二十タクト」

「……よくそんなに用意できましたね」

「二年間駆けずり回ったから」

おおよそ大きな木箱で二十五箱。小さな国を二つは買えてしまうお値段だ。

「他には妖精契約そのものを中止させようとして失敗、会場を聖堂から変えさせたけど失敗、ティティを会場から逃がそうとして失敗、魔女アシーライラを会場に送りこんで失敗、が大体の結果ね」

「相当色々やりましたね。魔女なんて実在したんですか」

「頑張ったのは私じゃないけどね。思いついたものは端から試されてるわ」

きついのは、このループが二年間を回ってるってことだ。打った手の結果が分かるのは二年後で、何が駄目で何がよかったのか分かりにくい。失敗の種類も大まかにはわけられるけど、途中経過は様々だ。見えている失敗を回避しようとした結果、もう分かってる失敗例につっこんだこともある。

二年かけて「ああ、駄目だった」って分かるのがどれだけ心に来るか、私は経験済みだ。もっと何回も短時間でトライ&エラーを繰り返せればいいんだろうけど、それは無理だから現状でできることをしないと。やり直せるだけ幸運だ。

テーブルの上に半分つっぷしたままの私に、ユールは複雑な目を向ける。

「それだけ繰り返していて、一人だけ余分に年を取る気分になりませんか」

「少なくとも私はまだなっていないわ。でもきっと、十六歳を何度生きても十六歳は十六歳なの」

人間の心って、経験した年数だけきっちり年を取るわけじゃないと思う。元の世界の私は二十六歳だったけど、全然そんな感じじゃなかったし。今、二十八歳になった気はしない。真砂も三十年近くこの世界で時を過ごしているけれど、私からは同世代の人間に見えた。

ただ心は老いなくても疲労は溜《た》まってくるんだろう。それは変えがたい事実だ。

ユールは「そういうものですか」と頷《うなず》く。

「では当面のすべきことと、今回の大方針が決まっていたら教えてください」

あ、こういうところ彼らしい。切り替えが早くてのみこみがいい。ほっとする。

「今朝戻ったばかりで詳細は詰めていないのだけれど、大方針は三つあるわ」

前回の二年間を過ごしながら、途中で「あ、こうしたらよかったかも」って思ったりやりたいけどできなかったことが大きく三つある。

「一つは、契約時の指輪の製作を私の知っている職人に任せてみたい。指輪が失敗の原因だという可能性を潰したいから。もう一つは儀式にいるベグザ公爵を欠席させたい。なんか企《たくら》んでいるっぽくて怪しいから」

濡《ぬ》れ衣《ぎぬ》だったら申し訳ないけど、あのおじさん前回すっごく怪しかったんだよ。私に敵意があるみたいだった。真砂とはほとんど接触がなかったからノーマークだった。

「最後に、ティティの契約相手を変えたい。第一王子と相性が悪いのかと思って」

私がそう言うと、ユールは「信じがたいな」って顔で見てきた。二度目早くない？

「……妖精《ようせい》契約は、第一王位継承者が行うものですよ」

「知ってるわ」

「つまりあなたは、第一王子を排そうと？」

「そこまでしたいわけじゃないけど、それしかないなら仕方ないわね」

「露見したら投獄処刑は免れないかと」

「でもやってみる価値はあるわ」

リスクが高いから今まで未挑戦だったわけで。

ただ私はここが分岐点じゃないか、って思ってる。

「第一王子は、ティティ……っていうか妖精姫のことを毛嫌いしてるの。それが契約失敗の理由じゃないかって」

「そうなんですか」

「そうなんです。まさかそんなところに原因があるとは思いたくないけど、妖精に関しては分からないことばかりだから」

それは私や真砂の知識が足らないから、じゃなくて。

妖精に関してはネレンディーア国内でも「詳細不明だ」とされてる。そもそも妖精姫以外の妖精が存在しているかも分からないし、「妖精」って名前も、妖精姫の薄羽から昔の人が便宜的につけただけのものらしい。この世界には解明されていない不思議なものが存在していて、魔法や妖精は「よく分からないけど在るもの」だ。それが分かっていれば対処方法も選べるのだけれど、贅沢《ぜいたく》は言えない。

「以上が今回の大方針です。当面のすべきこととしては、領地内の純魔結晶の発掘と貴族学校への入学を目指すこと。あと私自身を有力者に売りこむことね」

「分かりました」

「話が早い」

「一カ月後にネレンディーアの王城で宴席があるのを知っていますか?」

「え……知らない」

こんな早い時期にネレンディーアの王城へなんて私も真砂も行ったことないし。田舎にまで王城の情報は入ってこない。貴族学校への入学にだって、どれほど早くても三ヵ月はかかると踏んでいる。

そんな私に、ユールはよく知る微苦笑を見せる。

「そこにあなたを連れて行きます。僕の同行者として。上手く立ち回れますか？」

「……そんなの」

願ってもないチャンスだ。ネレンディーアの有力者に顔を繋《つな》げれば一段飛ばしで進める。今度こそ、誰も死なせない結末に手が届く。

あれもできるかも、これもできるかもって色んな可能性が頭の中を巡って、すぐには答えられない。答えられないけど、ユールはそんな私の表情を読み取ってくれるんだ。

「せっかくなので、僕を選んでよかったと思わせてみせますよ」

ああ、泣いてしまう。

※

一ヵ月は短い。

それが王都の宴席に出席するならなおさらだ。身分を秘しているユールは開示許可を取るために一度ロンストンに帰らなければいけないし、私は事前に王都に拠点を得て衣《い》裳《しょう》から髪結いから準備を始めなければ。

「見つかった⁉　助かったあ！　ありがとう、セッ！」

「お嬢様の指示通りにしただけですけど、本当にあのお針子でよかったんですか？　ぼろぼろだったんでお風呂《ふろ》を先にしてもらってます」

「なんでぼろぼろなの」

「さあ……？　下職を大量に押しつけられて、ふらふらだったみたいですけど」

かしこまらずに肩を竦《すく》める少年は私の侍従だ。ローズィアじゃなくて私の方。

紺の侍従服で上下を固めたセッはうちの屋敷の植木職人の息子なんだけど、仕事を覚えるのが早くて機転が利くので私の侍従になってもらったんだ。前回は貴族学校に入るちょっと前に彼のことを知ったんだけど、今回は二日目から。しっかり者の中身が整えられた髪や服装に出ているおかげで、彼が貴族の使いであることが一目で分かる。

「でもあんな普通のお針子に衣裳を頼むんですか？　何も実績ないですよ」

「実績はこれから作るのよ」

私は新しい自分の書斎を見回す。レースも天蓋《てんがい》付きのベッドもないここは、王都に新しく買った屋敷の一室だ。これからのためには王都に拠点がないと始まらない。だから純魔結晶を採掘してもらって、取れた端から多少レートが低くても売って資金を作ろうとしたんだけど……ユールが屋敷を買ってくれた。え、何このルート知らない。

「お嬢サマ、突然床に這《は》いつくばるのやめてください」

「ご、ごめんなさい。罪悪感で内臓が焼かれて……」

名目上の婚約者の話が早すぎて胃が痛い。もちろん借用書は無理矢理書かせて頂きました。代わりと言ってはなんだけど、私の手札も一枚明かした。

――魔力徴発。

真砂の三周目において、聖女が授けたこの異能は私にも受け継がれている。

この世界には「魔力」というものがあり、ごく少数の人間がこれを生得的に持っているらしい。木や水など自然物に宿る気と同じもので、生気とか霊感みたいなものだろうか。高貴な血筋の人間はこれを持っていることが多く、ただあっても大抵は使うことはできない。魔力を使って超常現象を起こせる人間は「魔女」「魔法使い」などと呼ばれるんだけど、ネレンディーアで今の時代確認されているのは「魔女アシーライラ」だけだ。

一方ローズィアは魔力を持っていないけれど、この異能のおかげで触れた相手の魔力を使って魔法を起動できる。これは聖女ノナがループの中で真砂にくれた力だ。

ノナはループスタート地点の一年前に、大規模な土砂災害から人々を救ったってことで一躍存在を知られるようになった人だ。それ以来「聖女」って呼ばれるようになって、宮廷でも一目置かれているらしい。ただ本人は流浪の人で所在地不明なんだけど。

ノナがどうしてこの異能を真砂に与えたのかは分からない。魔法の一種と思われるこの異能がどうして周回しても残っているのかも不明だ。はたして異能って記憶に因《よ》るものなんだろうか。それとも肉体にかな。私もこの世界の言語を読み書きできるわけだし。

ただ使えるものはなんでも使っていく所存なので、力の開示を兼ねて私はユールの魔力を徴発して転送を使い、王都まで来た。ユールはドン引いていた。婚約早々お互いにドン引いてるの、いいスタート切れてる。

そうしてユールがロンストンに帰郷してる間に、私もパーティの準備しないといけないんだけど――

「知ってるかしら、セツ。うちみたいな田舎出の令嬢が、地元の流行で王都の夜会に出ると、『土臭い』と笑われ陰口を叩《たた》かれるのよ」

「見てきたように言うんですね。想像だとしたらちょっと被害妄想激しすぎますけど」

「読んだのよ。危うく自分のスマホをへし折るところだったわ」

「スマホ……？」

「いいえ、何でもないわ。ちょっと怨念《おんねん》が漏れただけ」

真砂の書いた『妖精姫物語』は胸糞《むなくそ》エピソードも多い話だったんだけど、あれを全部真砂が経験していたと分かった時には腸《はらわた》が煮えくりかえるかと思った。陰口を叩いた全員の顎《あご》を叩き割ってやりたかった。それをすると王都在住の貴族の三分の一が下顎骨《かがくこつ》骨折するから我慢したけど。

「あなたに約束を取り付けてもらったお針子は、二年後にはあらゆる貴婦人が『彼女にドレスを作って欲しい』と願うようになるの。他の職人たちもそう。私は彼らが頭角を現すのを少し早めるだけよ。お互いにとっていい話でしょう？」

今回の準備において声をかけたのは、お針子、彫金職人、靴職人、髪結いなどで、これから有名になる若い職人たちばかりだ。彼らはまだ世間に発見されていないので仕事の予定が空いているし、そんな彼らを私が見出《みいだ》せれば話の種になる。

「はあ。いい話ですけど、若手職人たちに頼むにしても期間が短すぎませんか」

「だから今回は、既存品の改良や手元にある未発表の作品の買い取りで揃えようと思って。ドレスは屋敷から何着か無難なものを持ってきたでしょう？　あれを元にしてもらえれば時間が短縮できるわ」

無茶な作業時間で仕事を振られるのがどれだけ腹立たしいかは、私も派遣社員になった時に経験済みだ。せめて私自身は融通の利く注文主でいたい。

「ならぎりぎり間に合うかもしれないですね」

「あなたが迅速に見つけてくれたおかげよ。今の彼女の居場所は分からなかったから」

「どういたしまして。じゃあボクはお嬢サマが『土臭い』って言われた時の仕返し準備をしておきますね」

「間に合わない場合の支度をしないで。心遣いは嬉《うれ》しいわ」

前回は根回し極振りだったから、実はパーティで苛《いじ》められた経験がまだない。

日本にいた時もパーティの手配は山ほどしたけど、ドレスを着て自分が出席したことはなかったし。水をかけられたらかけ返すでいいんだろうか。イメトレしておかないと咄嗟《とっさ》にやりかえせなそう。真砂の分まで水を浴びせてあげるから。

その時、扉の外から召使の声がかかる。

「お嬢様、お客様のお支度が終わりました」

「お通ししてちょうだい」

開かれた扉の向こうに立っていた少女は黒髪の小柄な少女だ。

彼女の名はミゼル。二年後には王都で彼女の名を知らない令嬢はいなくなるお針子だ。

私は深々と頭を下げた彼女の様子に懐かしさを覚える。前回のミゼルもこうやってもったいないくらい私に礼を尽くしてくれた。そしてその技術で私を社交界の中央に押し出してくれたんだ。

「顔を上げてちょうだい。あなたにお仕事を頼みたくてお呼びしたの」

「は、はい！　なんでもやります！」

なんでもやりますはよくないと思う。そういうことを言うと大変な仕事量が降ってきたりするから。専門外のことはできないふりしてるくらいでちょうどいい。

「無理を通すつもりはないの。来月はじめの夜会に出るのだけれど、田舎者でふさわしいドレスがなくて。連れに恥をかかせないように手持ちのドレスを使って――」

「仕立てます」

「え」

「やります。絶対に間に合わせます。作りたい服はたくさんあるんです」

顔を上げたミゼルの目は本気だ。こうと決めたら絶対やる、という職人の目。

「あなたの名前をお聞かせください、姫様。あなたがもっとも羨望《せんぼう》の的になるように腕を振るわせて頂きます」

恭しく、膝《ひざ》を折ってミゼルは請う。これは彼女の本気だ。一世一代のチャンスを離すまいとする気概。なら私は、それに応《こた》えなければ。

「ローズィア・ペードンよ。あなたに賭《か》けるわ。どうか私に魔法をかけて」

「ご注文、承りました」

私を見上げる鳶色《とびいろ》の目は、きらきらと自信と野心に満ち溢《あふ》れたものだった。


それからの一ヵ月間はひたすら準備であわただしかった。

でも私以上にあわただしかったのは無茶な仕事を引き受けてくれた職人たちだ。ミゼルを始めとした彼らは、私の無茶な注文に全力で応えてくれた。

その結果は、私の想定をはるかに超えたものになった。

「すごい」

夜会当日の日、自室の鏡で自分の姿を最終確認した私は、出来栄えに思わず驚く。

まるで自分じゃないみたい。いや、「ローズィア」の体だから厳密には自分じゃないんだけど、それでも普段のローズィアとはまったく違う。化粧は自分でやったけど髪も靴も装飾品もそしてドレスも、職人たちが精魂込めて作り上げた逸品だ。

特にこのドレス。赤と金を基調としてデザインされたドレスは、肌の白さを引き立てて大人らしい雰囲気を持ちながら、膨らんだスカート部分で少女らしさも表現してくれている。振舞い方によって自分をどうとでも見せられるドレスだ。どれだけ広い会場でも、どんなに美しい令嬢がいても、このドレスなら一番に視線を引き付けられるだろう。これを一から一ヵ月足らずで仕立てるとか職人の意地を感じる。

ミゼルはぎりぎりまで「もうちょっと腰を絞ってもいい……！　こっちの方が美しく見える！　あ、こっちももうちょっと直させてください……！」って仮縫いと調整を繰り返していた。私はずっと修羅場の職人に気圧《けお》されっぱなしだった。

でもこのドレスはそれにふさわしい出来栄えだ。ミゼルは最後の試着の後「姫様が一番綺麗《きれい》です」って言い残して倒れたけど、たっぷり寝て欲しい。本当にごめん。仇《かたき》は絶対取るからね。

扉がノックされ、セツが飲み物を手に入ってくる。

「お、お嬢サマ、今日はいつも以上に迫力ありますねー！」

「ありがとう。それを狙ったの」

化粧を崩さないよう、私は用意されていたストローで水を飲む。この世界のストロー、植物の管だから風味があるんだよね。水もなんか違う味。王都は比較的インフラが進んでるんだけど、田舎の湧き水の方が美味《おい》しかったりする。

「水道か……。今回も公共事業には参入したいわね。王都の生命線を握っておきたいわ」

「お嬢サマ、村の評判だとぽやーっとした人って話でしたけど、この一ヵ月見てるとむしろ真逆の印象ですよね」

「え」

その話は初めて聞いた。そうか、領民の間にはオリジナルのローズィアの評判が流れているのか。元のローズィアについては調べたことはなかったし、ちょっと気になる。

「ねえ、他にはどんな評判だった？　あなたは昔の私に会ったことある？」

「え？　評判っていってもお嬢サマはほとんど屋敷の外に出なかったじゃないですか。ボクも窓辺にいるのをちらっとお見掛けしたくらいですしね。ぼうっとした熊のお嬢サマってくらいですか？」

「待ってなんで熊がこっち来たの」

熊はユールのあだ名でしょうが。なんでローズィアが巻き添えになってるの。

セツが目を丸くする。いけない、地が出るところだった。もうほとんど出てるけど。

私は改めて穏やかさを取り繕って言い直す。

「熊だなんて。ユールも小さい時はそう熊色じゃなかったでしょう」

「え、お嬢サマ自分の婚約者を熊とか思ってるんですか。色々手厚くされておいて失礼にもほどがありますよ」

「ちょっと待ってちょっと待って」

何これ話が混線してる。私は『妖精姫物語』についていた感想を一旦《いったん》脇に置くことにして、セツに聞き返した。

「熊のお嬢サマって何？　ユールは関係ないの？」

「関係ないですよ。人のせいにしないでください。お嬢サマが以前お一人で山を徘徊《はいかい》してて、猟師に『間違えないように』って通告が回ったんですよ。それで熊のお嬢サマ」

「嘘でしょ」

そのエピソード初めて知った。多分オリジナルのローズィアだ。山を徘徊ってあの部屋のふわふわした印象から大分変わる。いやふわふわ徘徊してるなら合ってる？　なんにせよ、お父様の懐が深い理由の一端が摑《つか》めた思いだ。

「お嬢サマ、それより時間ですよ。熊の風評を払拭《ふっしょく》しにいかないと」

「熊の風評があるの地元だけよね⁉」

そんなものがあったらとんだマイナススタートだ。オリジナルの置き土産にもほどがある。ここは王都なんだからゼロスタートだ。いや、田舎令嬢が他国王子の婚約者に抜《ばっ》擢《てき》なんて、やっぱり図々《ずうずう》しすぎてマイナススタート？

「──ローズィア、そろそろいいですか」

ドアの外から声がかかる。それは私をここへ連れてきてくれた人の声だ。

「あ、ごめんなさい」

セツがドアを開けてくれる。その向こうに立っていたユールも正装だ。ロンストンの白い礼服がよく似合ってる。格好いい。

一方、ユールも私を見て驚いたみたいだ。ダークブラウンの瞳《ひとみ》が大きくなる。これは悪くない反応だろう。まだ倒れてるミゼルに見せたかった。

「いいでしょう。王都一のお針子が作ってくれたのよ」

「……そうですね。とても可愛らしいです」

あれ、想定と反応が違う。どっちかというと「格好よくて綺麗」って感じのはずなんだけど。自分でやったメイクのせい？

「可愛い系だったかしら？」

と言っても直す時間はもうないんだけど。どうしよう。

鏡をもう一度見ようとした私の視線を、ユールが差し出した手が遮る。

「大丈夫です、あなたが意図した通りになっています。僕だから可愛いと思うだけです」

「…………」

「お嬢サマ、床に這《は》いつくばろうとしないでください。もうドレスなんで」

「ご、ごめんなさい。恥ずかしいのとユールにこんなことを言わせてしまった罪悪感で」

「罪悪感？」

これから戦場に出ようっていう私の士気を下げられないものね。お気遣いありがとう。

照れてしまう自分が恥ずかしい。でも嬉《うれ》しいは嬉しいです。

私はユールの手を取ると隣に並ぶ。部屋を出て階段を下りながら彼に小声で頼んだ。

「あのね、とても申し訳ないのだけれど、会場ではあまり私を甘やかさないで欲しいの。作った顔が崩れるから……」

今の私の顔は、元の世界で見ていた動画の知識でできてる。愛されメイクとか小顔マッサージとか。当時は暇な時に流し見てるだけだったけど人生何が役に立つか分からない。見たもの読んだものをほとんど忘れないっていう自分の地味な記憶力の良さに感謝。でもだから、あまり表情崩したり顔汗かいたらまずい。この世界の化粧品は元の世界のものほど性能がいいわけではないから。今もちょっと汗が滲《にじ》んでいそうだし。

ユールはそれを聞いて苦笑する。

「そう言われましても。僕としては、婚約者に薄情な王子という第一印象がついても困るのですが」

「それはそうね！　ごめんなさい！　私が鉄の心を持つわ！」

ユールが成人してから社交界に出てくるのは初めてなんだ。身分としては東国ロンストンの第二王子。第一王子はユールのお兄さん。そのお兄さんを死なせないために、ユールは先に即位しなきゃいけないんだけど、この辺りの事情は一般に伏せられてる。だからきっと今日の出席者は、ユールがどんな人間か品定めしようとしてくるはず。そのあたりも私は考えて立ち回らないと。や、やることが多い。

召使たちが玄関扉を開けて待っていてくれる。ユールは彼らに礼を言いながら馬車に乗りこむと、隣の私に微笑みかけた。

「あなたはあなたのすべきことを優先で。僕のことは自分でどうにでもしますから」

「あなたのことも、私が請け負ったことのうちよ」

少なくとも私はそう思っているし、真砂もそう。真砂はきっと「もっともこの世界の人間に愛着を持っているから」という理由で私を選んでくれたんだろうから。

私は前を向く。揺れる馬車の中で横顔にユールの視線を感じる。

やめて。あんまり見ないで。汗かくから。


王家や大貴族が主催する社交パーティには、主に三つの意味がある。

一つは貴族間の腹の探り合い。ネレンディーア王都において貴族の主な役目は投資家だ。彼らは有望な商人に、職人に、芸術家に、事業に、出資して自分の家と国を繁栄させる。自ら事業を興す貴族もいるけど、そういう人は割と少数派。だから貴族たちは、何に出資するか、どこで勝負をするかまたは避けるか、お互いの利害のために他の貴族と腹を探って暗黙の交渉をする。派閥もあれば陰謀もあって面倒くさい。

もう一つの意味は雇用を生むこと。一つの夜会が開かれれば多くの仕事が生まれる。ふるまわれる食事や出席者の服飾品なんかが代表的だけど、他にも会場には音楽家が呼ばれるし、そのために絵画を飾ったり庭に趣向をこらしたりする。そういう雇用機会は大事だし、職人たちが名を売る機会にもなる。王城主催であれば民に料理が振舞われることもあるし、それを見こんで年間予算が組まれてるはず。

最後の一つが、令息令嬢の顔見せだ。普段は貴族学校にいる彼らが、校外で自分をアピールする主な機会はここ。この世界って大体十歳前後からみんな働いているようなものなんだよね。平民に生まれれば家の仕事を手伝ったり手に職をつけたりし始めるし、貴族は勉強しながら将来の繋《つな》がりを作っていく。田舎の貴族はもうちょっとゆるっとしてるんだけど、都会は世知辛い。

そんなわけで今夜の夜会は、貴族令嬢たちにとって戦場みたいなものなんだ。

「今日はロンストンから王子がいらっしゃっているんですって」

「第二王子でしょう。今まで社交の場には出ていらっしゃらないというお話だったけど」

「どんな方かしら。皆もお近づきになりたいでしょう？」

会場内から聞こえてくる囁《ささや》き声。興味と期待と野心がたっぷりと詰まった女の子たちのさざめきが、私は嫌いじゃない。どこの世界も変わらぬそれはエネルギーに満ちている。仕事で疲れきってる時はあてられることもあるけど、ちょっとだるいなって時に後輩の女の子たちがイベントとかで意気ごんでるのを見ると和んだ。やっぱり人生には、自分のものでも他からもらうでも、勢いが必要だと思う。

ただそれは、私への敵意を除いてだ。

「でもその方、既に婚約者がいらっしゃるらしいわよ」

「え？　ロンストンからお連れになったの？」

「それが、この国の子爵令嬢ですって。聞いたこともないような家の……確かペードン家、だったかしら」

いやそこは知ってて欲しいな。王家の離宮があるんだけど。名物とか作った方がいい？

「一度だけ子爵をお見掛けしたことがあるわ。なんだかぼやっとした冴《さ》えない感じの」

は？　それってうちの父がぼやっとしてるってこと？　自慢の父なんですけど？

「ローズィア、顔が崩れてますよ」

「……失礼しました、殿下」

事実だけどその指摘の仕方はどうなの。でもありがとう。

私たちが歩いているのは、夜会会場の外回廊だ。城の正門を入って馬車を降りた後、通常は正面入口から会場に入るんだけど、今回は私が「どんな話がされているか参考に聞きたいから」って入口の真横からぐるっと外側を回ってもらった。

夜会の会場は城の一角にある円形のホールで、あちこちに外庭に出られるドアがあって開放されてるんだ。だから建物のすぐ外周にある回廊を行けば中の話し声がちらほら聞こえてくる。外が暗くて見えないから気づかれてないみたいだけれど、その噂話、本人が聞いてますよ。

回廊の終わりが見えてくる。ユールが微苦笑した。

「準備はいいですか？」

「ええ、大丈夫。ありがとう」

ここに私を連れてきてくれてありがとう。あ、あとこれは言っておかないと。

私は、彼に預けている右手ではなく、左手を伸ばしてユールの前髪に触れる。

「その髪色似合ってる。こっちの方がいい」

素性を隠すために染めていた髪色を彼は戻したんだ。今の彼は茶色じゃなくて赤みがかった金髪。その方がいい。熊じゃなくなった。今は亡き感想欄も喜ぶでしょう。

けど素直な賛辞に、ユールはまじまじと私を見返すと不意に顔を背ける。

「顔が崩れるのでやめてください……」

「あなたの顔は天然でしょうが」

私の顔は創意工夫で作られてるんですよ。一緒にしないでほしい。

それはともかく、ここからがまず勝負だ。

「行きましょう、殿下」

胸を張って、顔を上げて堂々と。私たちは華やかな会場に踏み入る。

入口近くにいた人間が振り返る。集まる視線が連鎖して少しずつ広がっていく。驚きの気配が連鎖して、感嘆の息が混ざる。

さあ、微笑め。自信を持て。今日の主役は私だ。それだけの準備を皆が整えてくれた。

集まる視線を受けて私は悠然と微笑む。令嬢たちの小さなざわめきが聞こえる。

「あれが例の婚約者？」

「全然田舎者じゃないじゃない……」

興味と羨《うらや》みと好奇心の視線。面白いもので、彼女たちの興味は「ロンストンの第二王子」にあるのに、気になるのは隣にいる同性の方なんだ。前回もそういうやっかみを散々受けたし、貴族学校に入学すれば日常茶飯事になるだろう。

でも今夜用事があるのは彼女たちじゃなく、大人たちの方だ。

「あのドレス、どうなってるのかしら？」

「すごいわね」

天才が作ってくれた私のドレスは一歩歩くごとに裾《すそ》のシルエットが変わる。ふわりと広がるように、後ろになびいては足元に綺麗《きれい》に戻ってくるように。どういう仕組みかは分からない。花弁みたいに複数の布を計算して縫い合わせているそうだけど、裾が動くごとに光の当たり具合で色が変わって見えるんだ。ミゼルがかけてくれた渾身《こんしん》の魔法だ。

私はユールに連れられて広間の中央へと進んでいく。客たちの中に見知った顔がいくつもある。後で話しかける人間をピックアップしながら、私たちは運命の中に踏みこむ。

恰幅《かっぷく》のよい男性が、両手を広げてユールを迎えた。

「おお、殿下。お久しぶりです。ようこそネレンディーアに」

「お元気そうでなによりです、公爵」

「会わぬ間にずいぶん大きくなられた。それで、その隣の女性が？」

「ええ。私の婚約者です」

紹介を受けて、私はユールから手を放しドレスを摘まむと優美に一礼する。

「ローズィア・ペードンと申します。よろしくお見知りおきのほどを」

さあ、お膳立《ぜんだ》ては全てしてもらった。ここからが私の仕事だ。


世の中には、人の懐に入る天才というものが存在する。顔を合わせて話せば皆がその人を好きになってしまうような、天性の魅力を持った人間だ。

私は幸いながら、そういう引力めいたものは持っていない。だから人との会話や交渉で使っているものは、全て計算やテクニックだ。

「その条件でしたら、いい商人を存じ上げておりますわ。後でご紹介いたします」

「いや、これは助かる」

「若いのによく勉強しているね。感心だ」

「皆様にはとても及びませんわ。勉強中の身ですもの。ああでも、近頃ブスタ地方である品種改良が成功したそうで――」

ユールと離れて人の輪に囲まれながら、私は最大限に周囲へ注意を払う。誰が何を言うか、どんな表情を一瞬でも見せるか、情報を何一つ取りこぼさないように。

それをしながらひたすらに自分を売りこむ。相手の話をよく聞いて相槌《あいづち》を打ち、機を見計らって相手の得になる情報を差し挟む。一人に評価されたらあとは早い。他の人間の目は甘くなるか厳しくなる――つまり私に関心を持つことになる。

だから甘くなる人間には同意を多めに傾聴し、厳しくなる人間には隙を見せて侮らせてから、追従《ついしょう》と有用な話を。相手と流れによって使い分ければいいだけだ。

「伯爵の蒐集《しゅうしゅう》なさった絵画、いつか拝見したいですわ」

「殿下と一緒にいつでも遊びに来るといい。ちょうど君くらいの娘もいる」

「それはぜひご挨拶《あいさつ》させて頂きたいわ。来月からわたくしも王都の学校に通いますの」

「なんだ、ちょうどいい。困ったことがあったら言いなさい」

よし、また一つ好感触。

今の段階で敵を作る必要はない。ここにいる有力者の半数以上を私は既に知っているし、彼らが欲しいものや興味あるものもある程度把握してる。前回の根回し極振りルートの経験があるからそのあたりはお手の物で、ユールの婚約者ということになっているから嫌がらせもない。接待としては楽勝の部類だ。

……いや、だめ、ごめんなさい。驕《おご》りました。驕りは前回の失敗を生かせてない。五体投地案件です。

私の心を読んだみたいに、別の人の輪の中からユールが呆《あき》れた視線を投げてくる。

すみません調子に乗りました。ユールもユールで色んな人の相手で大変そう。

そんな中、私はふと別の視線を感じて姿勢を変える。

パーティが始まった時からちらちらと向けられていた視線は、ネレンディーア宮廷内でも有名な女性のものだ。

――マルビア公爵夫人。芸術の恋人と言われる、若手芸術家たちの支援者だ。

私は周囲の貴族たちに会釈して輪の中を離れると彼女の下に向かう。そうして公爵夫人の前まで来ると、若輩者らしく丁重な礼をした。

「お会いできて光栄ですわ、公爵夫人」

取り巻きの婦人たちに囲まれていた彼女は、大した興味もないように私を見返す。

いやいや、興味があるのは分かってるんですよ。マルビア公爵夫人も「分かりきっている腹の探り合いは無益」と思っているタイプなのか、さっそく本題に入ってくれる。

「ユール殿下の婚約者の方ね。そのドレスはロンストンで？」

すごい。「国内の有名お針子の仕事は全部把握してるぞ」って言ってる。それだけ常に腕のいい職人を探して目を配っているってことだ。

一方の私は十六歳らしく微笑んだ。

「いいえ、王都でです。新進気鋭のお針子に仕立ててもらいました」

「そうなの？　どの工房？」

「工房はまだないそうです。実は仕立ての仕事を受けたくても、同業の人間から下職ばかりを押し付けられるそうで……私がなんとかしてあげられればいいのですけど……」

本当は、私が工房を持たせてあげることもできる。でもそれじゃミゼルの名は広まらない。彼女を一足飛びで表舞台に押し上げるには、目利きの確かな支援者が必要だ。

その筆頭たり得るのは、マルビア公爵夫人だろう。彼女は大きく溜息《ためいき》をついた。

「その娘に、私の屋敷に来るように伝えなさい」

「ええ、ぜひ！　きっと彼女も喜びますわ！」

よし。これでミゼルは大丈夫。無茶な仕事を受けてくれた恩はちゃんと返すからね。

他の職人たちも、パトロンになってくれそうな貴族は目星をつけてる。この後ちゃんとアピールして回るつもりだ。

無邪気な笑顔で喜んで見せる私に、公爵夫人は呆れた顔になる。

「あなた、最初から狙っていたでしょう？　したたかな子ね？」

「そんなまさか」

ハハハ、図星です。マルビア公爵夫人は鋭い人だから気づかれたけど、礼儀として外面は取り繕わないとね。ここが外面の使いどころですよ、お父さん。

私は恭しく公爵夫人に膝《ひざ》を折って見せる。

「王都に出てきたばかりの世間知らずですので、どうぞよろしくご教授ください」

人間の社会は、建前で回っているのです。

※

「疲れた……付き合ってくれてありがとうね、ユール……」

「どういたしまして」

パーティが終わったのは日付が変わる頃だ。屋敷に帰った私は部屋着に着替えて自室のソファでへたばっていた。社交界に出るのは二度目だからやりやすくはあるんだけど、疲れるものは疲れる。

一方のユールは私の机で平然と何か書き物をしてる。これは体力の違いかな……。引きこもりのローズィアと違ってずっと旅をしてた人だし。その体力吸い上げたい。

私がじっとユールの横顔を見上げていると、彼は手元を見たまま聞いてきた。

「成果はどうだったんですか」

「おかげさまで上々よ。顔も繋《つな》げたし名前も売れた」

元の世界だったら今頃名刺の束を整理してるところだけど、こっちにはそれがないので頭の中で分類と復習。顔、名前、肩書、事業、趣味嗜好《しこう》、そんな諸々《もろもろ》を再確認して自分に叩《たた》きこむ。私はソファの上に転がり直すと、目の上に腕を置き、灯《あか》りを遮って記憶を整理した。

「……ベグザ公爵にもできれば会っておきたかったけど、いなかったのよね、あの怪しいおじさん」

「そこまで言っておいて濡《ぬ》れ衣《ぎぬ》だったら面白いですね」

「あとはデーエンもいなかった。……会いたかったんだけど」

ユールが答えるまでは間があった。少し硬い声が返る。

「ネレンディーアの第三王子ですか。どういった理由で?」

「友達なの」

ティティとユールがローズィアの幼馴染《おさななじみ》なら、デーエンは貴族学校に入ってからの友達だ。彼には散々相談にも乗ってもらったし助けてもらった。前回ネレンディーアの宮廷内に食いこめたのは彼の協力が大きい。確かにパーティとかに出てくるような人じゃないから、いないのは当然なんだけど。王城だからちょっと期待してた。

ティティは……いないだろうとは思った。妖精姫《ようせいき》に課せられた制限は多いから、儀式が終わるまでこういう表の場所にはまず出てこないんだ。ティティ本人は華やかな場を苦手にしてるから、出てきても気まずそうにしちゃうんだろうけど。でも最初から出られないのは「妖精姫は日陰の存在だ」って言われているみたいで私は好きじゃない。結局前の私は、そんな立場からティティを助けることはできなかった。

振り返れば後悔ばかりだ。反省は必要だけど、後悔に溺《おぼ》れすぎちゃいけない。後悔は思考を狭めて、少しだけ人を気持ちよくさせてしまうから気をつけないと。

ああ。でも、疲れた――

その時、ふっと視界が明るくなる。

目を開けると、ユールがいつの間にか隣に立って私の腕を摑《つか》んでいた。

「……どうかしたの？」

「今、何を考えていますか？」

「寝たいけど化粧を落とさないと寝れない」

「…………」

「聞かれたから答えたのに何その顔」

ものすごく微妙な顔で見られた。なんなの。いつもこんなでしょうが。

あ、でも、私はユールのことをよく知ってるけど、彼は私のことを知らないんだよな。

もうちょっと言葉を尽くした方がいいかも。

ちゃんと座ろうと体を起こしかけた時、ユールは私の腕を離す。

「あなたは僕がどうなるかを知っていたのに、最初から僕の目を真っ直ぐ見ますよね」

「どうなるかって何」

「…………」

あ、また黙秘だ。でもこれは私の質問が意地悪だったし、質問に答えよう。

「目を見るのは人と話す時の礼儀でしょう？　ましてやあなたなんだし」

「何が『ましてや』なんですか」

ユールは軽く眉根《まゆね》を寄せる。え、そこにつっかかるの？　何か失礼だった？

私は座り直す。座って言語化を試みる。

「……明確な理由があるわけじゃない、けど」

彼とちゃんと向き合いたいのは、パートナーだからとか、信頼がおけるからとか、彼の人柄が好きだからとか、そういう理由もあるんだけど、きっとそれだけじゃなくて。

「そっちの方が、あなたは安心するだろうって……」

何となく、本当に何となくそう思っただけだ。

ユールはあんまり私情を出さないし、いつも笑顔だし、自分よりも他人を優先してくれる。そういうのは彼の優しさでもあるんだろうけど、もっとなんていうか「自分はどうせ死ぬ人間だから」っていうような諦観《ていかん》があるんじゃないだろうか。

でも私がいる以上、そういう目にユールを遭わせるつもりはないから。「あなたはちゃんとこれから先も生きていくし、人と向き合っていくんだよ」っていうのを態度で示したい……と思っているのかもしれない。

無理矢理《むりやり》言語化するとこんな感じかも。でも口にするのはちょっと恩着せがましくて私が辛《つら》い。おかげで「野生の熊に対して誠実に」みたいな答えになってしまった。

ユールはまじまじと私を見ていたが、小さく溜息をつく。

「あなたは本当に変わりましたね」

「……すみません」

「別にいいです。化粧は落としてあげます。やり方を教えてください」

「ええ？」

それはいいんだろうか。いいのかな。でも正直助かる。

やり方を教えると、ユールは一式と椅子を持ってきて私の隣に座った。化粧落としの油を含んだ指が、瞼《まぶた》の上を撫《な》でて行く。温かくて気持ちがいい。これは寝ちゃいそう。

「ありがと……ね……」

ああ、懐かしいな。前回も最後の方は時々やってもらった。最初はちゃんとしてたのに、どんどんぼろが出て……「あなたは手がかかりますね」なんて言われて……前はちゃんと助けられたのに、結局駄目になっちゃったけど……

「あなたに……絶対応《こた》えるから……」

ユールの指が止まる。終わったのかな。起きないと。でも瞼が重くて開かない。

そうしているうちに、指は再び動き始める。優しく優しく唇を撫でていく。

ああ、私はやっぱり、人のために自分を顧みず手を伸ばせるあなたが好きで。

だから今回も、あなたをちゃんと助けたいんだよ。

※

夜会が終わってからもやることは満載だ。

純魔結晶の採掘は順調に進んでいるらしい。ただ今回はユールのおかげで既に王都進出できてるから、ほとんどを売りに出さずストックに回す。次はもっと大量に純魔結晶を妖精契約に送りこんでやろうとか、そういう単純な話ではないけど念のため。

あとロンストンの方にも議会に乗りこまなくて済むように手を回しといた。ユールが「やめてください」って念を押さなければ今回も乗りこむつもりでいたんだけど。

私の夜会準備に携わってくれた職人たちはそれぞれ無事に後援者がついたそうだ。ミゼルもマルビア公爵夫人のお眼鏡に適《かな》って小さな工房を持たせてもらえたらしい。「姫様のおかげです！　なんでも仰ってくださいね！」って散々お礼を言われたけど、お礼を言うのはこっちだし単にミゼルの実力だ。私はただ、未来を知っている分、彼女の運命を倍速にしただけ。せめて私を助けてくれる人たちには、こんな風に少しでもいい結果になるよう後押ししていけたらいいと思ってる。

そんなミゼルがわざわざ制服のサイズ直しをしてくれて、私は今日から貴族学校の学生だ。学校に向かう馬車の中で、向かいに座るユールがじっと私を見てくる。一人で大丈夫って言ったんだけど学校まで送ってくれるらしい。疑わしげな目で確認してくる。

「本当に大丈夫ですか？」

「安心して。二度目なの」

「だから安心できないんですよ」

きっぱり言われた。笑ってもないのは真面目な話ですか。ははは。

馬車の速度が緩む。窓の外を見ると、馬車は鉄柵《てっさく》のすぐ横を走っていた。その向こうに見える白い石造りの建物が貴族学校の校舎だ。ここにティティやデーエンはいる。今度こそだ。

私は心配そうなユールに微笑んで見せる。

「大丈夫。あなたがしてくれたことを無駄にはしないから」

あなたがくれた時間で、なんとしても今までにできなかったことをしてみせる。まずは妖精契約でティティの付添人を勝ち取るところからだ。

馬車が停まりドアが外から開かれる。そこは既に学校の敷地内だ。私は正面入口を前に馬車から飛び降りる。

「応援してて！　行ってきます！」

大きく手を振ると、ユールは苦笑しながらも手を振り返してくれる。

私は短い階段を駆け上がった。入口から出てきた白い修道服姿の女性とすれ違う。あれ、なんで修道服？　この学校、シスターとかいないはずなんだけど。

つい振り返ってしまったけど、その時にはもう修道女の人は門を出ていくところだった。うーん、ただの訪問客かな。

私は気を取り直すと、開かれたままの両開きの扉から石造りの校舎に足を踏み入れる。よく磨かれた石床は人影が映るほどで、静謐《せいひつ》な空気はどことなく美術館を思わせた。

「おや、お一人ですか？　あなたがローズィア・ペードン？」

入ってすぐの玄関ホールには女性の教師が一人立っていた。私の案内をするために待っていてくれたんだろう。

「はい、先生。今日からお世話になります」

異例な時期の転入だから普通のお嬢様は付き添いと来るのかもしれないけど、私は自分のことを自分でやる主義だ。真面目に、でも十六歳らしく挨拶《あいさつ》すると女教師は頷《うなず》く。

「あなたは寄宿舎には入らないのでしたね。ではさっそく教室の方に案内しましょう」

教師の後について私は廊下を奥へと進む。進みながら教師はこの学校について説明してくれる。大体は知っていることだけど、田舎から出てきた新入生には必要な話だ。

「――この学校の設立は七十一年前、おおよそ十二歳から十八歳までの生徒が在籍しています。ほとんどが王都出身の子女ですが、あなたのように地方から来る生徒もいます」

貴族学校などというものが何故あるかと言えば、勉強以外では派閥強化のためだ。家同士の関係を次代も保てるよう、或《あ》るいは別の家を出し抜けるよう、生徒たちは十代の時から人間関係を構築する。

子女たちが家の言う通りに動くかそれに反するかは、状況と個人の資質によるけど、私の見るところ八割が前者だ。貴族というのはいわば家業みたいなもので、そこに生まれた人間は家を維持するために一生を生きる。窮屈に思えるけど、それはそれで生活で仕事だ。ただ選択の余地が少ないというだけ。

私は教師の話を聞いて廊下を進みながら、窓の外を見る。広い敷地には寄宿舎と校舎がいくつか立っており、敷地を越えて遥《はる》か向こうには小さく大聖堂の屋根が見える。そこは二年後、世界の終わる場所だ。

「履修登録は今週中に。あなたは途中からの履修になりますが、入学試験で大変よい成績でしたから、それも加味されることになるでしょう」

「ありがとうございます」

教師が足を止める。そこは一つの教室の前だ。

「あなたの教室はここです。講義は各講義室で行われますが、授業がない時はここで自習をしたり他の生徒と交流できます。今は朝ですから他の生徒たちもそろっているでしょう」

言いながら教師はドアを開けてくれる。その向こうは長机がいくつも並ぶ教室になっていた。もっともこの教室の使い方は今説明されたようにむしろ談話室だ。

教師に連れられて私が中に入ると、そこにいるのは二十人強の生徒たちだ。教室は学年ごとだから、彼らが私と同学年ということになる。こちらを見る彼らは品の良さが見るからに分かる佇《たたず》まいで、当然ながら前回と同じ知った顔ばかりだ。

そんな中、私は窓際に一人でぽつんと座っている彼女を見つめる。

青みがかった銀髪は羨《うらや》ましいくらいの艶《つや》やかなストレートで、瞳《ひとみ》はローズィアの青よりもっと深い青。絵画の中にいるみたいな儚《はかな》げで美しい少女。

彼女は青が零《こぼ》れ落ちそうなほど目を見開いて私を見ていた。雪のような眦《まなじり》が赤く染まり、艶やかな唇が震える。

ティティは、何年経ってもローズィアのことを忘れない。前回は『大切な思い出だから』と言ってくれた。貴族に引き取られた後のティティの暮らしは、「してはならないこと」ばかりで、冷たく窮屈なものだったと私は知っている。

ティティ自身は自分が嫌な目に遭っても、それを人に吐き出したりはしない。全部我慢してのみこむ性格だ。でも、ティティが言わなくても彼女に対する周囲の態度で分かってしまう。ティティを引き取った家は、「得体の知れない存在を義務で養女にした」という意思を隠しもせず、彼女を冷ややかに扱った。屋敷に半ば閉じこめられていた彼女に親しい友人はできず、子供の頃一緒だったローズィアだけが特別だった。

それでも彼女は、折れない。くさらない。逃げ出さない。

毅然《きぜん》と顔を上げて妖精《ようせい》契約に向かう。最後まで己の義務を捨てない。

そんなティティだから、私はここまで来たんだ。

私は、驚いている彼女に微笑んで見せると、広く教室内に自己紹介する。

「南部から参りました。ローズィア・ペードンです。皆様、どうぞよろしく」

ぱらぱらと歓迎の拍手が上がる中、私は教師に礼を言うと窓際へと向かった。

この学校に来たのは彼女に会うためなんだ。私は彼女の前に立つ。

「お久しぶりね、ローズィアよ」

そう呼びかけるとティティはびくっと震えた。何かを言いかけて、でも思い直したように口を噤《つぐ》む。彼女は潤んだ目ごと顔を伏せて、私から視線を逸《そ》らした。

「……どなた？　ずいぶん田舎から来たみたいだけど」

おおっと？　予想外の反応だ。私は目の前のティティを見下ろす。

――妖精姫であるティティリアシャ・シキワ。彼女は特殊な存在だ。

妖精姫の性別は必ず女性で、赤ん坊の状態で国内の集落のどこかで発見される。特徴である背中の薄羽は成長するに従って白い光の痣《あざ》となって吸いこまれていくが、生涯消えることはない。

発見された妖精姫は保護された後、まず大貴族の養女として迎えられて育てられ、その後基本的には第一王子と契約して彼の妻、妖精妃になる。この妖精契約が始まったのは約七百年前で、どういう経緯で始まったのかは知られていない。

ただ妖精妃は子供を産むことができないので王妃は別に娶《めと》られ、妖精妃はそのまま王城で一生を過ごして死ぬ、という感じだ。

……整理してみるとひどいね。人権がない。妖精だからとかそういう詭弁《きべん》は要らない。

ティティが子供の頃ローズィアの領地に滞在していたのも、どこの家が彼女を養女にするかって揉《も》めてて、彼女の身分が宙に浮いていたからだそうだ。嫌な話だ。

ともあれ、ティティはシキワ侯爵家に引き取られて、ティティリアシャ・シキワになった。ただ彼女が妖精姫であることは、現状ほんの一握りの人間しか知らなくて、学生なんかはもちろん知らない。デーエンは王子だから知ってる、という感じだ。

「わ、わたしを無視するなんて、いい度胸だわ。さっさとどこかに行ってちょうだい」

「無視してないわ。ちゃんと聞いてる。考えてるだけ」

おかしい。本来ティティはローズィアとの再会を喜んでくれるはずなんだけど、通常より十カ月前に入学したからか、変な状態になってしまった。

私はじっとティティを見つめる。彼女は薄い体を精一杯縮こまらせてふるふる震えてる。これはちょっと可愛いけど痛々しい。

「ごめんなさい、ティティ。私は今日履修登録があって。終わったら放課後にでも少しお話しできるかしら？」

「は、は、話なんてする必要ないわ！　わたしは、わたしに近づくなと言ってるの！」

「無視するなんていい度胸、じゃなかったの？」

「……う、うう」

あ、泣いちゃった。

さりげなく教室内を見るとみんなサッと視線を逸らす。関わる気はないって感じだ。

うーん、ユールが大分入学を早めてくれたから今日は校内のことを先にやっちゃおうと思ってたんだけど。でも私がここにいるのはティティのためだ。だから、彼女を優先しないって選択肢はない。

私は長机を回ってティティの隣に座る。小柄な彼女がびくっと体を引くのに対し、できるだけ優しい笑顔を見せた。

「分かったわ。今お話ししましょう。その代わり履修登録を先に提出したいから一緒についてきてくれる？」

「う……うう……」

もっと泣いちゃった……なんで……。

「ご、ごめんね、ローズィア……」

「分かってる。気にしてないからもう泣かないで」

中庭のベンチに座る私は、隣でぐじぐじと泣いているティィにハンカチを渡す。

一限の講義はこれで欠席だ。ティィの方は授業がないことを確認済み。貴族学校は単位制で、八つに分かれた大カテゴリの中から各三つ以上、合計百三十五単位を取れば卒業資格がもらえる。どれだけたくさん授業をとっても年間の学費は同じなんだけど、私はやることが多いから、前回は最低限の三十五単位だけを取っていた。

今回はせっかくだから前回とは違う授業を取ろうと思ってたんだけど……まあいいか、どのみち途中入学だし聴講はいつでも好きにできる。

「気をつかって変な距離の取り方しなくていいの。あなたに会いに来たんだから」

「で、でも、わたしのそばにいると、迷惑かけちゃうから……」

「んんん……」

どうしてそうなったんだろう。正直、心当たりがありすぎる。妖精姫ってやっぱり特殊なポジションだし。極端な話、妖精契約で妖精姫の付き添い人をやると必ず死ぬ。でもその未来をティィが知ってるはずがないから別のことか。どれだろう。二周目のはずなのに速度が速すぎて存在しないエピソードに踏みこんでしまっている。これはもう素直に本人に聞こう。聞くは一時の恥、聞かぬは二年間の無駄遣いだ。

「ねえ、どうして……」

「――待ってくれ！　彼女は悪い人間じゃないんだ！」

叫ぶ声と共に茂みから人影が飛び出てくる。それが誰かは見当がついていたので、私は相手を見る前にベンチから立ち上がると跪《ひざまず》いた。

「デーエン殿下、ご尊顔を拝し奉り、恐悦至極に存じます」

「顔見てないじゃないか」

そこをつっこまないでほしい。定型句なんだから。

私は顔を上げる。

目の前に立っているのは、ローズィアと同い年で、ローズィアより拳《こぶし》一つ分背が高い少年だ。

ネレンディーアには三人の王子がいる。

第一王子は、気難しくて文武両道のジェイド殿下。

第二王子は、病弱でお優しいルディア様。この国は女性も称号が王子なんだよね。

それで第三王子がデーエン殿下。お人好《ひとよ》しで抜けてて涙もろいところがある……つまり、ティティと類友の王子様だ。通常のローズィアの入学時点ではティティは妖精姫であることが発表されて校内で孤立してるんだけど、デーエンだけは味方だった。その流れでローズィアとも仲良くなったという感じだ。

「お初にお目にかかります、殿下。ローズィア・ペードンと申します」

黒髪で小柄で元気いっぱいな彼は、私の名を聞いて朗らかに笑う。

「なんと、君がローズィアか。ティティから話はよく聞いてたよ」

「ええ。本日からこちらに入学させて頂きました。よろしくお願いいたします」

私たちは挨拶《あいさつ》を済ませるとティティを挟んでベンチに座った。挟まれて具になってるティティは真っ赤な顔だ。でもデーエンが「膝《ひざ》をつかなくていい」って言ってくれたし、初対面から隣り合うのも気安すぎるし。

「それで殿下、ティティがどうして私を遠ざけようとしたのか、お心当たりがおありなのですか？」

「ま、待ってローズィア、それは——」

「私の兄上が原因なんだ」

あっさり教えてくれた。さすがデーエン、天然で話が早い。隣のティティは顔色を失《な》くしてるけど。

兄上か。それを聞いたら察しはついたけど、当て推量は怖いからちゃんと確認しよう。

「ジェイド殿下が？　確か今はこの学院にご在籍でしたよね」

「ああ。兄上はなんというか……ティティをあまりよく思っていないんだ。私にもティティと関わらないように言ってくるし、ティティの周囲の人間にもいい顔をしない」

「だからティティは自ら孤立しようとしているんですね」

「心優しい娘だからね」

本人挟んでそれを話してる私たちは優しくないですね。ティティが真っ赤になって震えてるし。

でも理解した。第一王子が妖精姫《ようせいき》を嫌ってるぽいっていうのは知ってたけど、どうやら校内においてもそれは周知されているみたいだ。だからティティは最初から自分に人を近づけないようにしている。やり方が下手だけど。

――私がこの話を知らないのはおそらく、十カ月後にはジェイド殿下が学校を卒業しているからだ。その頃には妖精契約が行われることも発表されてるし、ジェイド殿下も立場上、自分の感情をあまり表に出さない。

でも在校生たちには「第一王子はティティを嫌ってたぞ」って記憶があるから、ローズィアが入学した時には、ティティが孤立しているわけだ。謎は全て解けた。復讐《ふくしゅう》はいつにする？

「兄上はティティのことをよくご存じなくて。知ろうともしてくださらないんだ。ティティはこんなにいい娘だというのに」

「殿下はティティのどこがお好きなんですか？」

「たくさんあるんだが、それは――」

「もうやめて！　許して！」

あーあ、泣いちゃった……。もう一声だったのに……。つまり、デーエンはティティが好きなんだよね。ティティもそう。この二人は淡い両想いなんだ。

と言っても、私が知る限り二人のほんのりした恋は成就しない。その前に国が滅ぶ。

そもそもティティは第一王子と契約するわけで、普通ならその後、彼と結婚するわけだ。なかなか度し難い話で、可能ならこれも何とかしたいところだ。

というわけで目先の問題が何か明らかになったわけだけど、考えてみるとこれはチャンスだ。ジェイド殿下が学校を卒業しちゃうと面会もなかなか叶《かな》わなくなるんだ。特に前回は表立ってティティの味方をしてたから私は忌み嫌われてて会えなかった。

――でも、同じ学校の生徒なら別だ。

私は立ち上がると、改めてデーエンの前に立ち膝を折る。恭しく右手を差し出した。

「殿下、このローズィア・ペードンとお友達になってくださいませんか？」

もう一度、私に力を貸して欲しい。前回あなたを死なせてしまった馬鹿な私に賭《か》けて欲しい。今度こそ、今この時だからできることがあるはずだ。

デーエンは私の手を見て目を丸くした。

ああ、やっぱり駄目か。怪し過ぎるもんね。でも彼の協力は必要なんだ。

私がもう少し言葉を尽くそうと口を開きかけた時、けれど彼は私の手を取る。

「言われなくてももう友達になったつもりだったんだが。こちらこそよろしく」

握手した手をぶんぶんと上下に振られる。底抜けの明るさと前向きさ、器の大きさ。彼のそういうところに前回はずっと助けられてた。今も、これからもそうだ。

「……ありがとう、ございます」

嬉《うれ》しくて目頭が熱くなるけど、私は泣いちゃわない。ティティの前だから。

デーエンの手を離して立ち上がる私をティティが見上げる。その目の青が不意に濃くなったように見えた。

「ローズィア、危ないことはしないでね」

ティティは時々、先のことを見通してるみたいな目をする。妖精特有の目なんだろうか。とても綺麗《きれい》で不思議な目。普通の人間が見えないものを見る目だ。その目で私に忠告してくるってことは、何か感じとったのかもしれない。でもそれは聞けない相談だ。

「ティティ、あなたは今まで一度も私に『ジェイド王子に苛《いじ》められてた』って言わなかったのね」

「え？　え？」

この情報を今私が初めて知ったってことは、ティティはどのローズィアにも、自分が受けた仕打ちを話さなかったってことだ。妖精姫だと公開された後の好奇の目にもじっと一人で耐えて、ローズィアにも決して弱音を吐かなかった。全部一人で背負っていくつもりなんだ。そういうあなたを歯がゆいと思うし、だから助けたいって思ってる。

「危ないことにはならないわ。だってここは学校ですもの」

学校は閉じた世界だ。ある一定を越えるまではどんな揉《も》め事《ごと》もこの中で完結する。

だから、ジェイド殿下に最初の勝負をかけるなら校内でだ。

私は歴史ある堅牢《けんろう》な校舎を仰ぎ見る。

※

入学初日はもりだくさんだった。

屋敷に帰って自室でストレッチしていた私を、夜になってユールが訪ねてくる。

「ローズィア、学校はどうでしたか？　今日の報告を聞いてもいいですか」

「そうね。言いたくないけど結論から言うと、第一王子と決闘の予定が入ったわ」

「は？」

信じがたい顔をするユールの視線が、過去最高に痛い。ユールと私の間にある暗黙の了解は「今現在何をしているか、これから何をするかを隠蔽《いんぺい》しない」だ。かなり援助してもらってるし、これはユールの当然の権利だと思う。つまり毎日が株主総会。

そんなわけで、正直に核心から話したら零下二十度みたいな視線で見られた。気持ちは分かるけれど釈明させて欲しい。

「ジェイド殿下のせいで、現在ティティは校内で孤立してるの」

「孤立？　どうしてそんなことになってるんですか？」

「ジェイド殿下がティティを嫌ってるから。でも嫌ってる理由が不明」

生理的に駄目とかだったら仕方ないけど、落としどころがあるかもしれないから訳を知りたい。床にマットを敷いて体をほぐしている私に、ユールは呆《あき》れた目を向ける。

「理由を知りたくて第一王子に近づいたんですか？」

「学生の今なら、対等な立場で糾弾できるでしょう？」

「また馬鹿の振りをしたんですね、あなたは」

ユールはつかつかと近づいてくると、前屈している私の背中をぐっと押す。

ちょ、待っ、そんなに曲がらない！

体は資本だし体力はトラブル解決には欠かせない要素だから、ストレッチと筋トレを日課にしてるんだけど、まだリスタートから二ヵ月だからそんなに体ができてない。

「ば、馬鹿の振りは……してないわ……善良の振りはしたけど……」

「あなたの善良さは、振りではなくて素ですよ」

あ、手放してくれた。危なかった。婚約者として出ちゃいけない断末魔が出るところだった。今度は脚を開いてから前屈。股関節《こかんせつ》を伸ばす。

「ジェイド殿下のところに、私の友達が何をしたというんですか！　って駆けこんだだけよ。向こうが喧嘩《けんか》を買ったの」

「その決闘が、額面通り剣でのものでしたら僕が代わりますよ」

「それはちょっと見てみたいかも。でも違うから安心して」

第一王子って剣の腕が立つことでも有名なんだよね。

で、ユールも相当戦える人なんだけど、二人がかち合ったことはない。

「向こうだって私があなたの婚約者であることは把握してるわ。穏便にクイーンズボードでの勝負です。王子がか弱い転入生をあしらうにはちょうどいいでしょう？」

「誰がか弱いんですか」

「私ですってば」

クイーンズボードはこの国独自のボードゲームだ。将棋とかチェスとかに似てるけど、私の印象では麻雀《マージャン》っぽいところもある。結構これ得意なんだ。

「勝敗に何を賭けてるんですか？」

「私が勝ったらティティを不当に扱わない。私が負けたら以後私は口を出さない」

「口出し禁止は悪条件でしょう」

「勝っても負けてもいいの。第一王子の考えてることを引き出せれば」

今までは彼が何を考えてるか自体が分からなかったんだ。ただティティに敵意を持ってるなってだけしか伝わらなかった。でも今はユールとデーエンを後ろ盾にして勝負できるんだからチャンスだと思う。

私は体を起こして大きく上へ伸びる。肩を血が巡っていくのを感じる。

「私はね、デーエンをティティの契約相手にしたいの。あの二人は好き合ってるから」

「……そうなんですか？」

「あれ、言わなかった？」

「初耳です」

ユールの声音には納得したような安心したような息が混ざっていた。ごめん、この情報でデーエンの信用度がそんなに担保されるとは思ってなかった。うっかり。

「ネレンディーアだと、将来の王が妖精姫《ようせいき》を娶《めと》るでしょう？　でもどうせ重婚になるなら、別に第三王子が妖精姫を娶ったってよくないかしら？」

「他国のことなので僕では判断しづらいですね。今までそれが為《な》されなかった理由があるかもしれません」

「そう。だから当事者に直撃訪問」

「あなたの意図は分かりました」

「ちゃんと考えてるのよ。あなたにばかり働かせてないわ」

私が校内で動いている間、ユールには色々やってもらってる。

純魔結晶の採掘管理と商人との繋《つな》ぎ、目当ての彫金職人の採用へ根回し、ベグザ公爵の内情調査、妖精契約出席者候補の洗い出し、魔女アシーライラの捜索などなど。多すぎてごめんね！　私も私で人脈を作らせてもらったから、お茶会や次のパーティの招待もたくさんもらってるんだけど、王族のユールはそれ以上。

ただロンストンとの交渉は繊細な問題だから、私が全部やらせてもらっている。ユールに噛《か》ませると「自分のことはいいから」って変なところで妥協しちゃいそうだし。絶対それは駄目。今、ユールのお兄さんと文通しながら現地協力者を増やしてるところ。

多分、前回より穏便にいってる。

私は脚を開いたまま上体を左に捻《ひね》る。振り返ったすぐ前にユールの顔があって、思わずのけぞった。

「うわ、なに？」

「あなたが、第一王子ともっと対等にやりあいたいなら——」

「なら？」

「本当に今僕と結婚する手もあります。少なくとも単なる婚約者より、確実にあなたの地位は上がる。第一王子も無下にはできないはずです」

「……それは、そうだけど」

さすがにユールの負担が大きすぎる。今の段階でそこまでは申し訳ない。彼からすると私は出会って一ヵ月ちょっとの不審者なわけだし。王族の離婚って歴史に残っちゃうんだぞ。ヘンリー八世を見ろ。

けど、即答しなかった私にユールは微苦笑して立ち上がった。

「いえ、余計なことを言いました。さすがにそこまではさしでがましいですね」

「思ってることがおんなじ」

「どういうことです？」

首を傾げてユールがしゃがみ直そうとする位置を、私は頼んで右側にしてもらった。ずっと左側に捻ってると脇腹が攣《つ》りそうだから。

「私もユールにそこまでは迷惑かけられないな、って思ってるわ」

「……あなたの遠慮の基準が分かりませんね」

「一応遠慮することもあるの。偽装婚約だもの。将来あなたが誰かを好きになって結婚したいとして、離婚歴に難色を示されたら困るでしょう？」

うわ、自分で言ってちょっと凹《へこ》んだ。いや「ユールと自分が結婚したい！」なんて思ってるわけじゃないけど、やっぱり少しだけ憂鬱《ゆううつ》になるな……。まあ、最初から世界も身分も違うし、私が彼に一方的な好感を持ってるだけだからそこは弁《わきま》えないと。

右側に座り直してくれたユールは、物言いたげな目を向けてくる。なんかこう、圧を感じる。無言で腹を探り合うのって落ち着かないし、言いたいことがあるなら言葉にして欲しい。株主なら株主らしく。

数秒見つめ合った後、ユールは溜息《ためいき》をついて立ち上がる。

「僕にどんな相手が出てきたって、将来寡婦にするだけですよ」

「それは私がさせない」

「ならやっぱり僕の相手は、あなただけだということでしょう」

えええーええーえええー。それはなんか、ユールの進退を握っているのが私しかいないみたいな言い方じゃ……。そんなことないんだけど。ないはずなんだけど。

脇腹が痛くなり始めて前を向いた私に、彼は呆れたように付け足す。

「それにしてもあなたは、おかしな部屋着を着てますね」

「ジャージっていうんです」

ミゼルに作ってもらったの。トップデザイナーにジャージを作らせたの罪悪感がすごい。ちょっと「気が向いたらでいいんだけど、こういうのがあると嬉《うれ》しい……」って切り出したんだけど、翌日には「改善点があったらなんでもお申し付けください」という手紙と共に届けられた。本当にごめんなさい。

　でもこれで今日も気持ちよく五体投地できそうです。

※

　二年後の惨劇をどう回避するかというローズィアの試みは、数字当てゲームに似てる。どんな数字列が正解か分からないところにとりあえず数字を当てはめて、正誤チェックを押す。すると当てはめた数字の中で、位置も数字も合っているものがあれば〇、数字が合っているけど位置が違うものがあれば△が出る、というゲームだ。

　ただ私たちローズィアが正誤チェックを押せるのは、二年後の妖精契約の日だけ。それ以前には自分がやっていることが合っているのか間違っているのかも分からない。

　二年後に辿《たど》りつく前にローズィアが死んだ例はいくつかあるし、真砂もそれを経験してた。でも私は少なくともローズィアの死を意図的に選ぶことはできない。このループを続ける条件に抵触するからだ。

　だから私は、一度一度に全力で挑まないと。それが本当のゲームであってもだ。

「本日は貴重なお時間を取ってくださり、ありがとうございます、殿下」

「構わない。言い出したのは俺の方だ」

殿下をこの勝負に乗せたのは私の方なんですけどね。

翌日、校舎内にある広い談話室には、見物人が集まっていた。ここはどの学年も使える円形のホールで天井は硝子《ガラス》張り。日の光が差して普段は昼寝にちょうどいい場所だ。

でも今はホールの中心に、私とジェイド殿下が一つのテーブルを挟んで向き合っていた。私の数歩後ろにはデーエンが。デーエンの隣のティティは真っ青な顔で、でも目を逸《そ》らさずにいてくれる。

見物の生徒たちが漂わせているものは緊張より好奇心だ。普段、上流階級としての勉学に追われている彼らは、刺激的な娯楽に飢えている。将来の王様と、東国王子と婚約した田舎令嬢の対戦なんて、それはそれは面白いだろう。賭《か》けを始めないだけ善良だ。

テーブルの上には升目を描いたボードがある。升目は九×九。駒は盤上にない。

このゲームの駒は、ボードの隣に四つに分けて積み上げられた百二十枚のコインだ。

ジェイド殿下と私は、よく交ぜられたこのコインを引きながら、それを駒としてボード上で対戦する。つまり軍を共有しての戦いだ。

クイーンズボードって名前は、かつてどこかの女王様が重臣二人の意見が割れた時に、どちらを採用するかこれで決めさせたから、という由来らしい。同じ学校の生徒同士が争うのにふさわしいゲームだろう。

正面に座るジェイド殿下は、私よりも二回りは大きな体付きだ。黒髪と整った顔立ちは弟のデーエンと似ている。似ているけど雰囲気が違う。笑わなそうだし厳しそう。学生というより不愛想な体育会系顧問に見える。

でも、体格差が関係ないのがボードゲームなので。

「そちらが後攻でいい。譲ってやろう」

「胸をお借りします。全力で挑ませて頂きますわ」

殿下が先に四つの山の一つからコインを取り、その一枚を自陣に置く。続いて私は銀のコインを一枚取った。その裏側をジェイド殿下に見せないようにして見る。

クイーンズボードにおいて、取ったコインは自分側に捨ててもいいし自陣においてもいい。コインの裏面はそれぞれ違う。コインごとに違う移動法と価値が振られている。コインは毎ターン新しく引いてもいい。引かなくてもいい。引かない場合は自陣のコインを動かせる回数が増える。このボドゲ、結構やれることが多いんだ。

「私が勝ったら、お約束通り私の友人へのご対応をお改め頂きますよ」

「改めなければいけないものなどないが。約束は果たそう」

カチン、とコインが盤上に置かれる。

笑顔は崩さない。表情は読ませない。

ジェイド殿下は、引いたコインをほとんど捨てない。それはこのゲームの定石だ。自分の駒をわざわざ減らす人間は少ない。でも私はそれをやる。捨てたコインがなんだったか、相手に見せなくてもいいルールだからだ。

「それにしても、入学初日に俺に食ってかかってくるとは、他人の権威をかさに着るの

「人脈を腐らせる気はありませんので。濫用する気もございませんけど」

ジェイド殿下には、デーエンに紹介してもらって面会したんだ。突っぱねられることも想定してたし、兄弟の温度差を見たかったっていうのもあるけど、予想外にあっさり面会できて、予想外に物言いが通って、この決闘に至った。

私が知ってる彼は、ティティを無視してとりつくしまもないって感じだったけど、思っていたよりも理性的だ。ジェイド殿下の印象を修正する必要があるかもしれない。

少しずつ盤上が埋まっていく。ジェイド殿下の考える時間が増えていく。

見物人の中で、形勢を把握している人はどれだけいるんだろう。このゲームは、貴族の子女のほとんどが子供の頃に遊んだことがあるらしい。つまり、大人が子供の相手をするのにちょうどいい雑多な遊び方ができるボードゲームだ。

私は自分のコインで殿下のコインを取る。二人で同じコインを共有している以上、色分けなどない。どれが自分のコインかを覚えているというのは遊ぶ上での最低条件だ。

つまりこのゲーム、駒の采配《さいはい》と同等に記憶力がものを言う。

そして私は、ジェイド殿下が置いたコインと自分が置いたコイン、そして自分が捨てたコインを全部把握している。山にどんな種類のコインがあと何枚残っているかも。

「……あの娘、殿下と互角の勝負してる？」

「互角っていうか、あれは——」

が上手《うま》いようだ」

私はコインを取る。殿下の顔がぴくりと動く。

このゲームの本質は知育ゲームなんだ。フェアな勝負をするような設計じゃない。まだそこまで洗練されていない。だから、少ない手駒で多数の駒を上回ることだってできる。一つ一つの駒の価値が違うからだ。

「雑兵ばかりが多くて、動きにくそうでいらっしゃいますね、殿下」

「……よく口が回るようだな」

「友人を守るために来て、無様な真似はいたしません」

殿下のコインが私の自陣を削る。でもそれは取らせるための駒だ。

「クイーンズボード、よい名前ですね。さて、どちらが女王陛下の前に早く馳《は》せ参じられるでしょうか」

中央へコインを進める。

ジェイド殿下が盤面を睨《にら》む。

長い長い数秒の後、彼は己のコインを進める。私のコインを取る。

その手しかもう選べない。

私が次のコインを置くと、彼は溜息をついた。

「俺の負けだ」

あっさりと、彼はそう結論づける。

談話室にざわめきが広がる。

私がふっと息を吐く間に、私の後ろに足音もなく誰かが立った。細い、糸を張るような声が言う。

「ジェイド殿下……わたくしの存在が殿下の不興を買ってしまっていること、誠に申し訳ないことでございます」

微《かす》かに揺らぐ声音。でもティティは退かない。私の隣に立って、未来の夫を見つめる。

「ですが、わたくしはわたくしの役目を果たさねば。それが殿下にとって忌むべきことであっても、わたくしの存在は変わりません」

自分の人生を何一つ自由にできないのがティティだ。この世界に生まれ落ちた瞬間から彼女の一生は決まる。その死でさえも。

でもティティは逃げない。真砂がどんなに「逃げよう」と訴えても、彼女は一度も首を縦に振らなかった。

「ですからどうか厭《いと》うべきはわたくしだけに。わたくしの友人は、こんなわたくしのために殿下の不興も構わず戦ってくれるのです」

私の肩に置かれたティティの手は震えていた。

その震えが、私に力をくれる。彼女はいつもちゃんと怖がっている。なのに踏み留《とど》まり続ける。そんな彼女を助けなければと思う。

私はジェイド殿下に向き直る。自分の胸に手を当てると、軽く頭を下げた。

「私の我儘《わがまま》にお付き合いくださり、ありがとうございます。御覧の通りの若輩者につき、これからもご教示のほどよろしくお願いいたします」

「……好きにしろ。約束は守る」

ジェイド殿下は席を立つと弟を一瞥《いちべつ》する。けど彼は、そのまま何も言わずに堂々と談話室を去っていった。集まっていた生徒たちが彼の背を見送る。

……うん、やっぱりちょっと印象変わったかも。多分あの人とは話す余地がある。

そんなことを考えている私に、ティティが抱き着いてくる。

「ロ、ローズィア、ご、ごめんね……」

「私が勝手にやったんだから気にしなくていいの。むしろ負担をかけてしまったわね」

今までティティはじっと耐えてきたんだろうに、私のせいでジェイド殿下に向き合わせてしまった。きっとデーエンの方は今までティティの「大丈夫だから、放っておいていいから」ってお願いの方を優先してきたんだろう。なのに私は聞けなくてごめん。

泣きじゃくるティティの背中を抱きながら、私は「今はこれでいい」と自分に言い聞かせる。これでいいのかと迷いながら、これでいいと進み続けるしかない。

今度こそ、私の大事な彼らに幸せな結末を。

まだ私は大丈夫。ちゃんと走れる。そうでしょ、真砂。

※

「――という感じで無難に勝ったわ」

「お疲れ様です。王族相手に無難に引き分けにしようとか思わないところがあなたらしいですね」

「引き分けとかむしろ難しいでしょうが」

「でもできるんでしょう？」

「できるできる」

記憶力が勝敗を握るゲームは得意。神経衰弱とか十割引き分けにできるよ。

本日の株主総会は戦勝報告だけあって、やや和やかだ。ユールと向かい合ってテーブルについている私は、彼からもらった調査報告書に目を通す。純魔結晶の採掘は順調だ。流通量は相場を崩したくないからかなり抑えてる。最初にユールが連れてきた貿易商ってかなりやり手なんだよね。信頼はおけるけど、やり手過ぎてあまり自由にもさせたくない。常に牽制《けんせい》と交渉を続けていかないと。

「でもジェイド殿下は話が通じそうだったわ。信用されれば妖精《ようせい》契約のことも聞けそう」

「あまり期待しない方がいいですよ。彼はしょせん王族です」

「そんなの、ある程度倫理観が共通してる相手なら、議論の余地があるでしょう？」

「王族は、あなたとは違う価値観で動く人種ですよ。最後まで話が通じていても、違う結論を選ぶことがある。信用ならない相手です」

「ええ？」

王族に王族は信用ならないって言われた。クレタ人のパラドックスみたいだ。でもユールは身分を隠して旅をしている年月が長いからまた違うのかも。

何か言い返したくなったけど、言い返す言葉も見当たらないので私は黙る。代わりに古い本を読んでいる婚約者に尋ねた。

「何を読んでるの？」

「この国の成り立ちについて。どこで妖精契約が関わってくるのかと思いまして。伝手《つて》を辿《たど》って資料を譲り受けました」

「すごい」

そっか。歴史家の仕事をしてるからそういう伝手もあるのか。

ユールって篤志家なんだよね。各地を回りながら歴史を学んで困っている人を助けるっていう。二十歳までしか生きられないって決まっている人が「ならせめて自分の時間と財産を人のために使おう」って思えるの、分かるようで分からない。もっと世界を憎んだりしないんだろうか。

「これは今日中には読み終わるでしょうから、ここに置いていきます」

「私も読んでいいってこと？」

「もちろん。あとローズィア、僕は明日《あした》から一度ここを離れます。純魔結晶の坑道も確認しておきたいですし、他にも色々気になることがありますから」

「え？」

持っていた書類がテーブルの上に落ちる。

けど私はすぐに動揺をのみこむと、すぐに書類を拾い直した。

「そ、うよね……。忙しいのに今まで引き留めてしまってごめんなさい」

あのパーティから今日まで彼が留まってくれたのは、私が貴族学校でちゃんとやっていけるか見届けるためにだろう。それなのに早々に問題起こしてごめんなさい。

ただ何となく、ユールはずっと傍にいてくれるような気がしてた。未来のことを知っている彼は、ずっと隣で駄目出ししてくれるような気がしてたんだ。よく考えるととんだ我儘だ。申し訳ない。

「あとは、ロンストンにも寄っておこうかと」

「え⁉」

思わず私は腰を浮かす。

「だ、大丈夫？　処刑されない？」

「今、僕を処刑する意味はありませんよ。あなただけに自分のことを任せておくのも申し訳ないですしね」

「任されるわよ」

「平気ですよ。その分ティティを見てあげてください。あなたが暴れたおかげで、あなたの知っている歴史と変わってきているでしょうから」

「圧倒的正論……」

ティティたちとローズィアとは、実質一年弱早く顔を合わせているんだ。何が変わるか分からない。今のこの状態はユールがくれた特別な時間だ。これ以上彼に甘えてないで、与えられたものを生かしていかないと。

「分かったわ。淋《さび》しいけれど、私はここで根回しと調査を続けるわ」

最初の一年はユールと一緒に過ごす時間が長かったから、なんだか隣が空っぽになるみたいだ。私の未練が滲《にじ》む言葉にユールは苦笑する。

「随時手紙を書きますし、時々は様子を見に来ますよ。あなたを放置しておくと何をするか分かりませんから」

「まずは浄水技術の研究をしている学者がいるから、後援になって王都の水道事業に参画しようと思っているわ」

「あなたは本当に恐ろしいですね……。セツくんに目を離さないよう言っておきます」

「なんでよ」

私は席を立つと、テーブルの周りを回ってユールの隣に立つ。見上げてくるユールに自分の両手を示した。彼の微苦笑を了承と見て取って、そっと座っているままの彼の頭を抱きしめる。

「ありがとう。あなたのおかげで頑張れるわ。あなたが知っててくれるから頑張れる」

私を婚約者にして、王都で動けるようにしてくれたことだけじゃなくて。

私の荒唐無稽《こうとうむけい》な話を聞いて、信じて、寄り添ってくれた。駄目元で打ち明けたのに、予想した以上に親身になってくれた。それが何よりも私を支えてくれている。こんな人、きっとどこを探しても他にいない。

胸の上にユールの溜息《ためいき》が聞こえる。

「無理をしすぎないように。あなたはか弱い女性なんですから」

こういう時にだけそんなことを言うのやめて。離れるのが不安になるでしょうが。


この三日後、ユールは屋敷を出立した。

まずはペードン家に戻るっていうから「転送しようか？」って聞いたけど「道中を確認することも大事なので」って断られた。確かに。そういうところ私は無粋なんだよね。結果を重視して過程を気にしない、みたいな。結果がいいならよくない？　って思うけど、それで問題を見落としてもまずいから、ユールがいてくれることは幸運だ。

そんなわけで王都に残った私は、絶賛結果のために邁進《まいしん》中。

ジェイド殿下は約束を守ってくれて、ティティに対する校内の空気は軟化した。もともとティティは真面目で善良な生徒だっていうのもあって、彼女に話しかける生徒は増えた。その中には少なからず「ティティがジェイド殿下へ気丈に立ち向かった姿に胸打たれた」という人間もいる。そう、ティティはそういうところがすごいんですよ。

もっとも当の相手には響いていないみたいだけど。

「ジェイド殿下、お手すきなら、わたくしの質問に付き合ってくださいませんか」

「手が空《す》いているように見えるか？」

「見えません。生徒のとりまとめもなさっていて大変ですわね。そのお仕事はわたくしが半分引き受けますので、その間わたくしの話を聞いてくだされば」

「勝手にしろ」

私は勝手に長机の前に座ると分類されていない書類を手に取る。

ジェイド殿下が詰めているのは、元の世界で言う生徒会室みたいなところだ。四回中三回は追い返されるけど、一回は聞いてくれる。殿下は校外との外交みたいな仕事も引き受けているみたいで、結構忙しいし努力家。そんな一面は前の回では知らなかった。融通が利かないし、愛想もないけど、真面目で公正な人だ。知れば知るほど「何故ティティにあいう仕打ちをしていたのか」って分からなくなる。

「殿下、妖精のことなんですが——」

「その話をする気はない」

うーん、鉄壁。政治の話や王都の運営の話については結構議論に乗ってくれるけど、妖精について触れようとするとまったく駄目。これは気長に構えないと。

私は一人で勝手に雑談しながら仕事を片付けてしまうと、殿下に一礼する。

「では、また参りますので」

「来なくていい」

しつこく来ますよ。セールスくらいにね。

物事が順調に進んでいる時、時の流れはあっという間だ。妖精契約《ようせいけいやく》に向けて根回しは着々と進行している。学校に行きながら、私は前回お世話になった人たちを見つけて連絡を取る。前回関わらなかった人たちにも接触する。ロンストンにも働きかける。

ローズィア・ペードンとして私がやっている仕事は、人と人を結んで動かすというものだ。常にアンテナを張っておき、新たな人材をストックして機会を逃さない。必要な時に必要な人間と連絡を取り、人と人を繋《つな》ぐ。言ってしまえばそれだけだ。

専門の研究をしている人、優れた才能を持っているけど芽が出ていない人など、時と場所が変われば主役になれる人はたくさんいる。そんな彼らをふさわしい時に舞台の上に招待する、いわばハブのような役割だ。

八瀬咲良だった頃もこの手の仕事は割と得意だったけど、あの頃は裏方で動いて、何もしない上司に花を持たせとけばよかったのに対し、今は自分の売名も必要になるのがちょっと面倒。ただ目立ち過ぎてもよくない。必要な時に有力者にすぐお願いを聞いてもらえるくらいの影響力で留《とど》めておきたい。その調整が難しいんだけど、私の大事な人たちのためだからがんばらないと。

「ローズィアはユールと結婚するの？　よね？」

「う、うーん」

期待に満ちたティティの問いに、私はめちゃくちゃ曖昧《あいまい》に口元を歪《ゆが》める。

昼休みの中庭にはテーブルが点在しており、各々がお茶を楽しんでいる。私とティティもそのうちの一組だ。「実は偽装婚約なんだけど」って言いたいけど、ティティがなんかきらきらした目で見てくるから言い出しにくい。

「結婚は、今現在、おおむねその方向で……」

「歯切れが悪い……？」

「い、色々あるの」

ティティに夢を見させてあげたかったけど、ぼろが出そう。これは多分ユールへの罪悪感のためだ。

彼がネレンディーアの王都を離れてから数カ月、私のところには週に一度欠かさず手紙が届く。それは単なる近況報告のこともあれば、歴史とか民俗学的な情報とか、そういったものだったりもする。ユールは妖精契約について伝手《つて》のあるところを回って調べてくれているらしい。ありがたく、とても申し訳ない。五体投地だ。

彼の調査だと、妖精姫はずっと昔には「災厄の前触れ」とか「人間に与えられた試練」とか、そういうマイナスイメージがあったらしい。ネレンディーアの辺境地方の文献にそれらしいものが残っていて、ユールが調査の結果「多分妖精のこと」としてこっちに報告してくれた。

にしても「災厄の前触れ」か……。私の妖精姫をなんだと思ってるんだ。まあ実際国は滅ぶんですけど。

今回の妖精契約は、百六十年ぶり四度目だ。前回三回についての記録は真砂も調べていたけど、特に問題なく終わってる。ただこれは王都に残ってた記録だから、改竄《かいざん》されてる可能性も大ありだ。ユールが地方を回ってくれているのは、そういう糊塗《こと》が及んでいない情報を探してくれているんだろう。

私はじっとティティを見る。彼女は大きな目をまたたかせた。

「どうしたの？　ローズィア」

「──妖精って、なんだと思う？　どうやって生まれるのかしら」

「どうやって？」

テーブルの上で、お茶が胸のすく香りを上げている。ティティは傾げていた首を戻すと、カップを摘まんで一口飲んだ。それは彼女が考えるのに必要な時間だ。

妖精契約が発表されるのはもうすぐだ。そこでティティは妖精姫であることが公表される。でも私は既にティティに「知ってるよ」と伝えてある。

ティティは悲しそうに「そっか」と微笑んだだけだ。妖精は子供の頃の方が分かりやすいから、幼馴染《おさななじみ》は気づいていてもおかしくないと思ってくれたみたい。

ティティはふっと息を吐く。

「正直ね、妖精が何なのか、どうやって生まれたのかってことはよく分からないの」

「分からない？」

「うん。たとえばローズィアは、自分がどうやって生まれたかどうして知ってるの？」

「……あ」

そういうことか。人間は他の人間がいるから、どうやって生まれるか、自分の種がどういうものかを知ることができる。でも妖精姫は一人だけだ。自分について誰に何を聞くこともできない。自分は人間とは違うということが分かるだけだ。

妖精契約とは何か、どうして事故が起こるのか究明したかったんだけど、ティティ自身がよく分からないんじゃ駄目か。妖精契約の制度を作った王家なら知ってるかもしれないけど、ジェイド殿下はあの調子でデーエンは何も知らないし。

ティティはカップを置くとお茶の表面を見つめる。瞳《ひとみ》の青さがまた一段濃くなる。

「でも……そうね、生まれる前、こっちの世界に来る前かな。その時のぼんやりした記憶はあるの」

「生まれる前？　え、それってどんな？」

思わず身を乗り出して聞くと、ティティはふっと物憂げに微笑む。

「本当の記憶かは分からない。わたしの夢かも。でも……すごく広くて暗いところに、澱《おり》みたいに溜《た》まっていたような記憶があるの」

「溜まっていた……」

広くて暗いところも気になるけど、「溜まっていた」って表現は引っかかる。妖精姫として生まれる前っていうなら、すなわちそれは妖精国の記憶じゃないだろうか。

「わたしだったものは、ずっとそこにあって、時が来たから落ちてきた……」

私は想像する。瓶の底に溜まった泥状のものが、ぽたりとスプーンから落ちるのを。

その中から美しいものが生まれる。私の妖精姫が。

……なんかこう背徳的なイメージだ。忌まわしいものと綺麗《きれい》なものが一緒になってる。

「時が来たってどういう感じ？」

妖精姫が現れるのにはある程度周期があるって話だけど、実はきまった周期なわけじゃない。三百年空いてたり、短い時は二十年くらいだったり様々だ。何かの手がかりになるかと問う私に、ティティは考えこむ。たっぷり十数秒の時間を置いて、彼女は口を開いた。

「……誰かに言われた、みたいな。あ、ううん。言われたっていうのは言葉じゃなくて、ただ誰かが『行ってきて欲しい』って思ったみたいな」

慎重にティティは言葉を探す。それでもきっとぴったりと合う言葉はない。近しいもので補うしかない。視線をさ迷わせる妖精姫の横顔は、普段の愛らしいものと違って、まるで別人のように老成して見えた。

「だからわたしは、きっとここに来た。その誰かに背を押されて……」

「……誰かが誰なのか、分かる？」

何かの意思が介在して妖精姫が生まれ落ちるなら、妖精契約の失敗はその誰かにとっても誤算なんだろうか。

ティティはさっきと同じだけ考えこんで「ごめんなさい、わからないの」と返す。

うーん、「一歩前進したけど、それがどっちの方角かは分からない」みたいな話だ。

考えこんでいた私は、お茶が冷めかけていることに気づいてカップに手を伸ばす。

そこでティティの視線に気づく。彼女は、世界を見通す目で私を見ていた。

「ティティ？」

「ローズィアは、すごくちゃんとしてる」

「え？」

「ちゃんとしてて、私や他の人を助けてくれる。この間も、ニトラ家の女の子が不利な政略結婚させられそうだったのを助けてたでしょう？」

「あれは、あの家の持ってる土地で有用な場所があったから買い上げただけ」

「言いがかりで追放された職人を拾ったって噂が」

「腕がいいの。王都一と言ってもいいわ」

「西地区の孤児院に多額の寄付をしたって聞いた」

「余分な財産は持ってても納税額が上がるだけだから。それより多くの子供に教育が行き届くようにした方が後の利益になるわ」

「昨日、川に落ちたお年寄りに出くわして自分も川に飛びこんだって」

「あわててました。すみません」

分かってる分かってる。自分が飛びこまないで助けを呼びにいけ、っていうんでしょう。本当その通りです。動転してた。

でもセツに苦言を呈されるのは慣れてるけど、ティティにまで言われると心に来るね。毎日あわただしくしてるから判断力がオーバーヒートしてる瞬間があるのかも。

「ローズィアは人の二倍くらいの速度で生きてるみたい。それでちゃんと人を助けられるの、すごいと思う」

「すごい……とは違うと思うのだけれど」

それは単に未来を知っているからで、ただのズルだ。ズルしてるから自分の利益も上げられるし、ついでに助かる人がいたらその方がいいし、川に飛びこんだのは本当にただの偶然。足がつく川でよかった。

ティティはカップを手に、淋《さび》しそうに微笑む。

「わたしはそうやってローズィアに助けられた側だけど、時々ローズィアはまるで自分のことを見てないんじゃないかって思えて……」

「そそっかしいように見えたらごめんなさい。大丈夫よ」

川に落ちたのそんなに駄目だった？　でも確かに二重遭難になるからやめろとは言われるよね。気をつけます。

「わたしは、ローズィアみたいな人たちが、あなたが、幸せに生きられる世界であればいいなって思ってる。人のために生きられる人が報われる場所であってほしいなって」

ティティリアシャの目が閉じられる。そうしていると彼女はやっぱり、可愛いよりも綺麗な人だ。

「だから、わたしもがんばるから……ローズィアは幸せになってくれたら嬉《うれ》しいな」

「ちゃんと幸せよ。あなたとこうしていられるんだし」

「でもローズィアは、自分のために動かないでしょう？」

自分のためにって。確かに自分だけのためにはあんまり積極的にはならないかも。労力に見合わないことが多いから。でもだからって何かを我慢してるわけじゃない。

「私は私のしたいように動いてるから安心して」

私はローズィア・ペードンがどんな境遇の人間で、どんな場所でどんなふうに生きるか全部知った上でここに来ることを選んでる。この世界に来たことに悔いはない。後悔することがあるとしたら、自分がうまくできなかった時だけだ。

「大丈夫、ティティ。絶対あなたを幸せにするから」

一生を定められた妖精姫は「そんなのいいのに」と微笑む。

その決まってる未来、私が絶対ぶち壊してやるからね。

ティティとそんな話をしてからまもなく、屋敷に一通の招待状が届いた。

中身は私もよく知るものだ。

「あれ……ちょっと早い」

内容はユールの即位式。おかしい、前回はあと二カ月は後だったのにどうして早まってるんだろう。ユール何かした？　確かめたくても今週分の彼の手紙はまだ来てないし、先週分には即位式について何も書いてなかった。と言っても普通の書簡は時差があるから仕方ないんだけど……これは、確かめるためにも行かなきゃいけない。ちょうど婚約者ということで招待されたわけだし。

前回はアポなしで突撃してその場で結婚したから、呼ばれていくのは初めてだ。ちなみに乱入した時、前のユールは「うわあ」って顔してた。今回のユールだったら「あなたは何を考えてるんですか」って怒られそう。

ロンストンに向かうとなると最短でも半月は王都を空けないといけないから、その準備も大変だ。できる限りの仕事を先に処理しておかないと。

そんなわけで私は五日かけて準備をし、学校に長期休みの届けを出して、ティティやデーエンに見送られながら馬車に乗ったのです。ユールとはロンストンで合流する予定にして、そう書いた手紙も先に送った。これで大丈夫なはず。

だった、のだが。

今の私は一人、断崖絶壁《だんがいぜっぺき》に張りついている。

「ど、どこなの、ここ……」

後ろは岸壁、遥《はる》か下には波が打ち寄せる岩場という細い足場に私は立ち尽くしている。

吹きつけてくる潮風に体が揺らぐ。落ちたらこれは絶対死ぬ。死体も上がらない。

私はそっと一歩右に足を動かしてみる。でもそこは体重を支えられるほどの場所じゃなかったみたいだ。踏んだところからパラパラと石の破片が海に落ちて行って、私はあわてて足を引いた。

「こ、こわあ」

いや、でもこれで死んでも絶対自殺じゃない。自殺じゃない、よね？

早く逃げなきゃ追いつかれるから、動かなきゃいけないんだけど！

「――あの女、どこに逃げやがった！」

「絶対に捕まえろ！　死体でも構わん！」

崖《がけ》の上から男たちの騒々しい声が聞こえてくる。

ははは、私は十メートルくらい下の崖にいますよ。何日もかけて国境をいくつか越えたところで馬車が襲われて、どこだか分からない屋敷に連れてこられて、隙を見て逃げ出して、隠し通路を見つけたと思ったら崖に出た。

「これで落ちて死んだら、絶対迷宮入り事件でしょう……！」

死体でもいい、って言ってるやつらに捕まるよりはまし？　ちょっと溜飲《りゅういん》が下がる。

でも自分からは絶対に死ねない。

――ローズィアを降りるトリガーは、妖精《ようせい》契約に至るまでに自殺することなんだ。

これをしたら私は元の世界に戻って、一年の間に次のローズィアを探さなきゃいけない。そして次に託して、おそらくは自分の死に戻る。だからこんなところで落ちるわけには絶対いかないんですよ。真砂に申し訳が立たない。

でも正直、なんでこんな目に遭ってるかは身に覚えがありすぎて分からない。恨まれる心当たりが多すぎる。ユールと結婚させたくない誰かかもしれないし、王都の商売敵かも。追放した悪徳商人かもしれないし、私を目障りに思う大貴族かもしれない。いつ夜道で刺されても納得できる状況だ。

前の世界で働いていた時は、無能な上司がいい風除《かざよ》けになってた。私の手柄は上司のものだけど恨まれるのも上司。でも今は私自身が恨まれる。名を売ってるから仕方ない。

「逃げ……ないと……」

全てはここを切り抜けてからだ。私はそろそろと崖を背に移動し始める。

「ここで死んでも自殺じゃない、自殺じゃない、自殺じゃない……」

自分に言い聞かせながら進む。時折強風がスカートを煽《あお》って体が傾く。怖い。でもこの道はどこかに通じてるはず。まさか飛び降り用の隠し通路なんてことはないだろう。

「絶対……死ねない……」

次が今と同じルートに辿《たど》りつける保証なんてない。ここで死んだらユールがしてくれたことを無にしてしまう。だから私は、
一際強い風が吹く。

ドレスのスカート部分が舞い上がった。それは容易《たやす》く私の体を引きずる。

バランスが崩れる。ぐらり、と視界が傾く。空が見える。

私の体はそのまま、遥か下の岩場へ――

「おっと、間に合った。ご機嫌いかがかな、ローズィア嬢」

黒い手袋を嵌《は》めた手が、私の腕を掴《つか》む。

何もない空中から出ている細い手、その主を、私は知っている。

「魔女アシーライラ……」

うわ、こんな弱みを握られそうな状況で会いたくなかった。でも。

「ありがとう……」

「どういたしまして」

ぐん、と魔女の手が私の体を引く。

次の瞬間私は、薄暗いどこかの部屋に立っていた。

「あ」

目の前には黒いローブを引きずった魔女がいる。小柄な彼女はフードを目深にかぶっていて、口元が見えるだけだ。怪しい。すごく怪しい。

――魔女アシーライラ。

彼女はネレンディーアでただ一人存在が分かっている「魔法使い」だ。

普段どこに住んでいるか何をしているかも分からない変わった人間で、前回は探したけど会えなかった。特殊な存在で所在不明なのって魔女アシーライラと聖女ノナの二人なんだよね。

だから、アシーライラの部屋に入るのはこれが初めてだ。

「適当に座るといい。ああ、危ないものが多いから気を付けてね」

魔女は長いローブを引きずって踵《きびす》を返す。薄暗い部屋は楕円《だえん》形で、上は二階ほどの吹き抜けになってややすぼまっている。高い場所にある壁には乾燥した草が下がっていた。部屋の中は非常に散らかっていて、何がなんだか分からないものが多い。棚には本よりも瓶がたくさん置かれているし、テーブルの上も物で溢《あふ》れてる。

「魔女の庵《いおり》……」

「よく知ってるね。どこにでもあってどこにでもない、私の研究室だよ」

「そして時間の流れ方も違う、でしょう？」

「へえ」

アシーライラが興味深げに私を見る。一方の私は頭を抱えてしゃがみこんだ。

「大丈夫かい？　急な腹痛？」

「い、いえ、なんでもないの。すみません」

正直、ここには来たくなかった……！　アシーライラの研究室って、時間の流れが遅いんだよね。竜宮城と一緒。真砂が訪ねた時も、ほんのちょっとお茶しただけで外に出た時には一週間経ってた。最速を心掛ける私とはかなり相性が悪いし、ユールにも「そういう場所だから、魔女を見つけても俺には入らないように」って言ってあったんだ。

「問題を解決するまで出られない部屋……」

「出られるよ。出入口は私にしか作れないけど」

「ご、ごめんなさい。つい心の声が」

来てしまったものは仕方ない。アシーライラにせっかく会えたんだ。聞きたかった話を聞いて、できれば次の約束をしてお暇《いとま》しよう。即位式に遅刻しちゃ困るし。

私は初めての庵を見回す。小さな窓の外は荒野に夕焼けが広がっている。本棚の隣の壁には大きな紙が貼られてて、その半分には日経平均株価みたいな図が書かれていた。

アシーライラは株やるのかな。そこから話を盛り上げられる？

私の視線に気づいた魔女が嗤《わら》う。

「それは今やってる実験の記録だよ。何しろ時間がかかる実験でね。どれほど時間があっても足りないくらいだ」

「……大変ですわね」

私の方も時間があっても足りてないので話が合うかも。いやこんな話で合いたくないな。そもそも株とかこの世界にない。貴重な時間なのについ現実逃避してしまった。

魔女アシーライラは、そこでようやく目深にかぶったフードを取る。

その下の顔は、二十五歳くらいの普通の女性のものだ。元の世界の私と同じくらいか。

ただ、普通じゃないのはその表情。悪だくみをしているような笑顔は悪役っぽい。真砂の描写だと「ミステリアスで怖い」ってなってたけど、もっとなんかマッドサイエンティストっぽい感じがする。試験管と白衣が似合いそうだ。

「さて、ローズィア嬢、君と私は初対面だと思うのだが、驚いていないね」

「あのような助け方をしてくださる方など、他に心当たりはありませんから。魔女様」

初対面の相手はさすがに緊張する。それが魔女ならなおさらだ。気に食わない相手を蛙にしたとかいう話もあるわけだし。

ただ、ある程度の事前情報はある。アシーライラは利害で動く人間だ。

私は勧められるままテーブルにつくと、彼女に問う。

「どうして私を助けてくださったのです？」

「何、君は面白い動きをしているからね。いずれ私の研究も援助してもらえないか申し出ようと、動向を気にしていたんだよ」

「それは私にとって幸運ですね。ぜひ前向きに検討させてください」

「よろしく頼むよ」

うーん、本当か嘘か分からない。でも以前真砂は、妖精契約の儀式にアシーライラを送りこんだことがあるんだ。デーエンにアシーライラへの研究費の助成を取り付けて、儀式への出席をお願いしたんだよね。その時のアシーライラは「え、何これ」って言いながら柱にのみこまれてた。少なくとも彼女個人になんとかなる破滅じゃないらしい。

ただ――彼女の本質は研究者だ。

だから私はずっと妖精《ようせい》契約で起こる惨劇について、彼女に相談したいと思っていた。できれば庵外で相談できたらよかったんだけど、アシーライラの気分を損ねたくない。

長引かせないよう可能な限り少ない質問で欲しい情報に辿りつかないと。

「あの、少し質問をさせて頂けませんか？」

「構わないよ。何の話だい？」

「妖精契約についてです」

そう言った瞬間、アシーライラはすっと目を細めた。唇の両端がつり上がる。選択失敗か？　こわい。

「この状況で口にするのがそれかい？　誰が君を襲ったか知りたいとか、私に君を助けさせた婚約者のところに戻りたいとかじゃないのかい」

「誰が襲ったかは後で調べようがあるので……って、え？　婚約者？」

「あ、しまった」

アシーライラは口元を押さえる。いやそんな可愛い仕草しても似合わないですから。何それ。むしろ怖いでしょ。

私が冷たい目で見ていると、アシーライラはこほん、と小さく咳払《せきばら》いをする。

「実は少し前に君の婚約者に頼まれてね。『一度だけ、何があっても無条件で君を助ける』という約束でお金をもらってるんだよね」

てへへ、と頭を掻《か》く魔女。可愛い仕草しても誤魔化《ごまか》されないぞ！

「……そんな話、知りませんでしたわ」

「私も口止めされていたからね。君は命綱があると知ってると無茶をするんじゃない？」

それはそうかもしれないけど、けど。ユールは、自分が知らないところや妖精契約で私の身に危険が及ぶかもって思っていたのかもしれない。そうしてつけてくれた命綱を、私はここで無駄にしてしまったのかも。え、ごめんなさい。

「……いや」

違うな、これ。だって私は「魔女アシーライラを探してる」ってユールに言ってあったんだ。なのに彼女と接触したことを伏せて、保険だけをかけていたってことは――

姿勢を正す。私はアシーライラを真っ直ぐに見据える。

「ありがとうございます、魔女アシーライラ」

「お礼は婚約者くんにね。もちろん、私も礼を言われて嬉《うれ》しいけれど」

「お礼なら何度も言わせて頂きますわ。あと、追加料金を払うので私のお願いを聞いてくださいますか？」

「金額と内容次第かな？」

「もちろんです」

ユールには「魔女の庵に入ると時間の流れ方が違う」と教えてあった。

にもかかわらずアシーライラに救助を依頼したことを黙っていたってことは、「何かが起きた時に私を守りつつ数日隔離する」ことまで計算していたからじゃないだろうか。

これが私の勘違いだったらいい。

でもそうじゃないとしたら急がないと。

「私をロンストンの王城に送ってください。今、すぐに」

私に危険が及ぶ可能性があって、私に関わらせたくないこと。

――即位式だ。

※

死ぬために生まれた人間というものは存在する。

それがどんな形かは様々だが、少なくとも自分は兄を死なせないために生まれた弟だ。

十四代ごとに王が夭逝するという運命。それを古くからの呪いのせいだと言う者もいる。土地の淀《よど》みを浄化するのに必要な贄《にえ》だと言う者も。

どちらが事実でも、本当の王を死なせないため手を打つ必要があるのは確かだ。

だから「自分の命を惜しんではいけない」と言い聞かせられて育った。それは名誉で、貴いことなのだと。不満はなかった。どのみち人はいつか死ぬのだ。

突然死なねばならない人間に比べたら、準備ができる自分は幸運だ。決められた日に死なねばならない代わりに、限定的だが自由も、資金も与えられている。

ならばそれを使って、できるだけ多くの土地を回って、多くの人々に出会って、懸命に生きる人々のためになるように限られた時間を生きる。

それがちゃんとできていたのだ。――『あなたのことは絶対助けるから』と、胸を張って豪語する彼女に出会うまでは。

「準備はよろしいでしょうか、殿下」

「はい」

扉が開き、迎えの兵士が姿を現す。帯剣した兵士が五人も来ているのは、彼が逃げ出さないようにとの措置だろう。そんなに用心しなくても逃げ出さないと思うのだが、突然「名目だけでいいので婚約したい」と言い出した彼に宮廷も用心しているようだ。

――彼女と婚約したのは、別に己の死を覆したかったからではない。

ただ彼女の勢いが激しかったからだ。

未来を知っていると言い、友人を助けたいと願う彼女。その勢いの良さに押された。

感心してしまった。美しいと思った。諦観《ていかん》に背を向けて駆けていく彼女は、「生きるとはこういうことなのだ」と彼に思わせた。

まるで正反対だ。計算と、それを上回る情熱で生きる人間。

彼女の一挙一動が生気に満ちて眩《まぶ》しくて、いつの間にか焦がれてしまったのだから仕方がない。子供の頃想像していた最後の数カ月とは、まったく異なる時間を過ごせた。

だからきっと、これでよかった。

兵士たちに囲まれて、彼は廊下に出る。即位式は城の小さな聖堂で行われる。儀式王の存在が民に知らされるのは全てが終わってからだ。

彼が聖堂内に入ると、そこには十数人の限られた人間たちが着席していた。最前列にいる兄が彼を振り返る。何かを言いたげな、訴えるような目に彼は微苦笑で返した。

最後列にいるはずの彼女は、いなかった。

彼女の性格からしてただ欠席するとは思えない。何かがあったのだろう。ただもし事故か何かで来られなかったのなら、魔女との契約で一度は何とかなるはずだ。ここに彼女がいて、真実を知って衛兵たちと揉《も》めるよりよほどいい。彼女の陳情は、結局受け入れられなかったのだから。

ネレンディーアで急激に力を持ち、王太子とも面識がある彼女が、彼の婚約者として助命嘆願を行うことは、ネレンディーアによる看過できない国政干渉と、議会によって判断されたのだ。

だから、彼はここで即位して、ここで死ぬ。本来あった即位から処刑までの三日の猶予は、ネレンディーアの物言いを防ぐためになくなった。

それでいいのだと思う。彼が集めた調査結果は、彼の死後に彼女のところに届くよう手配してある。彼女は落胆するかもしれないが……彼女が本来助けるべきはティティだ。ティティだけ助かればいい。そのために彼女は走り続けているのだから。それだけの終わりだ。

彼女の、自分を見る真っ直ぐな目が好きだった。
何におもねることも折れることもない目。
彼女の生き方を美しいと思った。
でも、彼女が本当に見ているのは自分ではなく未来であって。
恋にはきっと、ならなかった。
彼は祭壇前へと進み出る。膝《ひざ》をついて頭《こうべ》を垂れた。
祭壇脇に立つ司教が王冠を手に取る。その隣には毒杯が置かれている。
黒い王冠が彼の頭へ載せられる。何の歓声も上がらない。聖堂内は恐ろしく静かだ。
毒杯が、彼の手に渡される。水のように見えるそれを彼は見つめ――
「ああああああ、ふざけんなあああ！」
怒声と共に、扉を蹴《け》り開ける音がする。
それが誰なのか、振り返らずとも分かってしまった。

※

衛兵たちの制止を振り切り、私は聖堂の扉を蹴り開ける。

いや、普段はちゃんと手で開けてますよ、手で。でも手を掴《つか》まれてたら、そりゃ足で開けるしかないでしょうが。仕方がないよねえ⁉

……駄目だ、怒りのあまりやさぐれ気味になってしまった。

聖堂内にいた人間が、全員私の方を振り返る。もちろん祭壇前にいるユールもだ。

ユール、その白い正装も格好いいね。でもあとで色々話があるから。

衛兵が私の腕を摑んでいた手を離すと、私はロンストンの人間たちに向かって瑕《きず》のない笑顔を作った。

「ご招待ありがとうございます。遅れて申し訳ありません」

優美に、文句の一つも言わせぬように。

私は堂々とドレスの裾《すそ》を持って聖堂の中央通路を行く。

末席参列？　何それ知りませんけど。礼儀を尽くすのは、礼儀を尽くされている時だけなんだと覚えて帰ってくださいね、全員。

私は最前列、ユールのお兄さんの隣に堂々と座る。物言いたげな視線は無視。葬式だって身内の席はここでしょうが。

そして一番呆然《ぼうぜん》とした顔でこっちを見てくるユールは固まったままだった。その手に杯があるのを、私は冷たい目で一瞥《いちべつ》する。

「式を中断させてしまいましたね。どうぞ続きを」

声だけは可憐《かれん》にそう言う。

でも皆動かない。あからさまに青ざめて私から視線を逸《そ》らす人間も少なからずいる。

何それ良心の呵責《かしやく》？　私がユールの処刑を取りやめて欲しいって駆けずり回ってたの、

ここにいるみんなは知ってるんだもんね。知っててこの仕打ちか。宮廷は汚いな。

そこを行くと、ユールはきっと私がここで暴れることを想定してたんだろうね。さすが旦那様《だんなさま》。暴れた結果、衛兵ともめてアシーライラに保護されて、魔女の庵《いおり》から出る頃には全て終わってるってところかな。よく考えてる。

私のことは何も分かってないけど。

「……へ、陛下、どうぞ」

司教が強張《こわば》った声でユールを促す。ユールがそう呼ばれるのはこの一日だけだ。

私を見ていた彼は、持っている杯へ視線を戻す。

強張る手が、杯を口に。

「──あなたがそれを飲んだなら」

私の声に、聖堂内の空気は一層張りつめる。

「私はこの場にいる全員の敵に回る。何度でも何度でも、絶対に許さない」

これはユール、他の誰でもなくあなたに言っている。

「一人を生かすために一人を殺すのはおかしいでしょうが。せめて多数を生かすために殺しなさいよ」

隣でユールのお兄さんがびくっと震える。

あなたたち兄弟は同罪だ。自分たちさえ黙って耐えればいいと思ってる。

「だから私は、これを良しとするあなたたち全員の敵に回る。何度生まれ変わっても、次の時間に移ったとしてもそれは変えない」

脚を組んで、膝の上に頬杖《ほおづえ》をついて。私は列席する一人一人を順に見る。目を逸らす者も、睨《にら》み返す者も等しく。罪悪感を分け合って薄めてる全体じゃなく、ここにいる個人全員に言う。目が合った一人のおじさんが、耐えきれなくなったのか口を開いた。

「他国の人間が戯言《ざれごと》を……」

「私は、絶対に諦《あきら》めない。折れない。譲らない。私の大事な人の命に関しては」

最初からそうだ。ティティのために。ユールのために。

真砂は……出会った時にはもう失われることが決まっていたのだけれど。

私は泣かない。まだ途中だからだ。

「でも、それ以外ならいくらでも譲ります。何を支払えば彼を私にくださるのです？　身分？　お金？　利権？　人脈？　なんでも仰ってください。それらは全て最初から、私の大事な人たちを守るためのものなのですから」

私の懐柔策をのまずに、私に直接否をつきつけずに儀式を強行しようとしたのは、私の出した条件が彼らの利害と噛《か》み合わなかったってことだ。ならちゃんと、もう一度交渉のテーブルにつきましょうよ。一度だけなら見逃してあげるから。

誰も、何も答えない。静まり返る聖堂で、私の隣に座る男が言う。

「なら……あなたは、私の弟のために国を捨てられるとでも言うのですか？」

傷ついた目で、弟を犠牲にする兄は問う。

お、試し行動ですか？　子供みたいですね。いいよ、受けてあげます。

私は立ち上がると笑顔で返す。

「ご自分が捨てられなかったものを、人には捨てさせようというお心持ちでいらっしゃいますか」

それを聞いてお兄さんの顔が羞恥《しゅうち》で真っ赤になるけど知らない。そりゃ嫌味《いやみ》の一つも言いますよ。

「国を捨てる？　小舅《こじゅうと》に負ける気はないんで。構いませんわ。元よりあの方の妻になる人間です。それくらいは当然のことです」

「き、君は……」

「さあ、それでも因習の方を選ぶというのならどうぞお続けになって。その瞬間から私は最後まで全力で、あなた方と戦うつもりでおりますから」

私は聖堂内をぐるりと見まわし、最後にユールを見つめる。

彼は、何も思考が追いついていないような、透明な目で私を見ていた。


「報告と連絡はちゃんとして!?　仕事の失敗は早めに相談して!?」

ひとまず即位式は中断、解散して話し合い、ということになってからの別室。私は椅子に座って頭を抱えるユールを前に息巻いていた。いや怒るよこれ。連絡ないまま仕事失敗とか一番困るやつ！　変に気をつかわれた結果取返しがつかなくなるやつ！

ユールは両手を下ろすと、目の前に立っている私を見上げる。

「すみません、ローズィア。言えばあなたが傷つくかと……」

「それはもういいから！　そんな理由だと思ったし！」

駄目だ、ちょっと落ち着こう。無限に怒りだしてしまう。そもそもこれは私のミスなんだ。私は呼吸を整えると、体の前に手を揃えて頭を下げる。

「ごめんなさい、私の失敗です」

事前にロンストンの地固めをしたつもりでいたら、むしろその地固めで用心された。ネレンディーアで成功し過ぎたせいもあるんだろう。出る杭《くい》を体現してしまった。

正装のままのユールが、青ざめた顔で私を見る。

「どうしてあなたが謝るんですか。怒っているでしょうに」

「怒っていることは謝らない理由にならないわ」

「僕はあなたを裏切った」

「裏切ってない。情報共有は義務じゃないの。私だって全てをあなたに明かしているわけじゃないし」

ユールが目を瞠《みは》る。うん、ちょっと傷つけたかな。ごめんね。私は「私が本来のローズィアじゃない」ということ以外全部話してたもんね。今までずっと、ユールのおおらかさに甘えていたんだ。でもそれじゃ駄目だった。

私は窓辺に向かうと、そこにあった椅子を持ち上げてユールの前に持ってくる。

椅子に座り、彼と膝《ひざ》をつきあわせて向かい合う。

「どうして死んでもいいって思ったの？」

「兄を死なせるのはしのびなかったので。それは最初から僕の役目です」

「即位してすぐ譲位して普通にしていればいいでしょう。本当に夭逝の呪いがあるなら、それが来るまで待てばいい。何もこっちから勇んで死ぬことはないでしょう？」

「生贄《いけにえ》の発想に近いんだと思います。きっと彼らは、待っているのが恐ろしいのです」

「待つのはあなたでしょうが。外野が怖いって何それ」

ユールは微苦笑する。

私は彼のその表情が好きだ。でも同時にあることに気づく。

この表情は、彼が自分を諦めてる顔なんだ。自己犠牲を当然のものだと思ってる。

前回はうやむやのうちに押しきって助けられたけど、本当なら彼のこの意識をまず変えなきゃ駄目だった。よく振り返れば真砂の周回でユールが死ななかったのは全部、儀式王の即位が延期になったからだったんだ。彼がこの儀式から逃げ出したことは一度もなかった。妖精《ようせい》契約から逃げないティティと同じだ。

――きっと、生まれながらに染みつけられたものは、すぐには変えられない。

長い時間がかかる。それはおそらく私に与えられた二年では足りない。

でもだからって、やらない理由にはならない。

「ユール、まずは謝罪させて」

「謝罪？　あなたがですか？」

「ええ。私はもっとあなたに信用されるように振舞わなければならなかった。最初に信頼関係を築くと約束したのにそれを叶《かな》えられなかった。ごめんなさい」

「……それは、あなたの謝ることではないでしょう。あなたが助けるのはティティです」

「私にとってティティとあなたは等価よ」

どちらかを助けるためにどちらかを見捨てていいわけじゃない。

だから私は、秘していた情報を打ち明ける。

「私は、子供の頃あなたと遊んだローズィアじゃないの。別の世界で普通に働いて生きていた人間で、あなたより年上の二十六歳。あなたに求婚する直前から、本来のローズィアの意志を引き継いでローズィアをやってる」

「……は？」

あ、また信じがたいって顔してる。オーケーオーケー。想定範囲内。

「あなたには『未来から戻ってきた』って言ったけど、正確には二年間を繰り返してる。妖精契約を越えられない場合、私はあなたと再会した日に戻る」

「……本当ですか」

「本当。だから私は前回、あなたとはちゃんと連れ添ったのよ。妖精契約の日までだったけど」

これを言うのは、本当に恥ずかしいんだけど。

でももっと早く言っておくべきだったのかもしれない。

「私が、友人である前のローズィアからこの繰り返しを継承したのは、話に知るティティを助けたかったのもあるけど――あなたがいたから」

きっとね、あのお話を読んでいた人たちの中にもいっぱいいたと思う。あなたのことを好きだった人。あなたのことを助けたいと思っていた人。私はたまたまその中からローズィアになっただけの一人だ。

「妖精契約に至るまでの二年間、あなたがどれだけティティとローズィアを助けてくれたか、私はよく知ってる。あなたの高潔さに運命が報いないのを変えたいと思っていた」

ああ、これは気持ち悪いし怖いだろうな。自分の知らないところで、誰かが自分を見ているなんて。

でも言う。気持ち悪がられてもいい。もうドン引け。

「私は、あなたが好きだからここにいるの」

だから、この感情の分だけ重みを背負えばいい。

死ぬ時は、私の気持ちごとあなたは死ぬんだ。

「……ローズィア」

ユールは、信じがたいものを見ている目で私を注視している。

ああ、いやだな。ローズィアとしてはともかく、咲良としてこんな風に正面から他人と向き合ったことはほとんどない。ずっと面倒で避けてきた。例外は真砂くらいだ。

視線を逸《そ》らしたいけど、逸らしたらまずいのは分かる。

だから彼を見つめ返す。

何か言って欲しいけど、一生何も言って欲しくない。無言の時間は息苦しい。

無意識のうちに息をしようと口を開いて、そこにユールの手が伸びてきた。

彼の大きな手が、私の頬に触れる。

「名前は？」

「え？」

「あなたが本来ローズィアじゃないと言うのなら、本当の名前があったんでしょう。それはなんですか？」

……そんなの、口にする日はないと思っていた。

別に好きな名前でもない。でも、聞かれたから答える。

「咲良。姓は八瀬」

「僕より年上なんですか」

「まあ、そう」

か弱い年下の子じゃなくてごめんね。ただ年を重ねただけの二十六歳ですよ。

死にたみが増してきてうつむきたいけど、ユールがじっと見てくるからできない。もう目を逸らしたら負けみたいになってる。小学生か。

「サクラ」

「……その名前で呼ぶのはやめて欲しいわ」

「どうしてですか」

どうしてと言われてもむず痒《がゆ》い。落ち着かない。私がこの世界でみんなに向き合えているのは、私であって私でないからだ。その被膜を剝《は》がさないで欲しい。

「か、解釈違いだか……ら？」

「あなたはおかしな人ですね」

ユールは微笑む。その微笑は淋《さび》しそうじゃなかった。だから私は少し安心する。まあいっかって思う。気が済んだから、まあ、いいか。

「私が隠していることはもうないわ。これで全部。だから国を捨てることに本当に遠慮はないの。妖精契約の儀式には、デーエン殿下にねじこんで出席させてもらうし」

前回は、私がユールと結婚してたからってことで物言いが入って出席できなくなったんだけど。その物言いをつけたのはベグザ公爵なんだよね。だから今回はそっちを何とかしてもいい。

「反対に、あなたが国を捨てられるっていうなら一緒に逃げるわ。どちらでもいい。あなたが不当な死を免れるために、いくらだってやりようがあるわ。……まあ、もう私のことが信用できないかもしれないけど」

「いいえ」

彼の顔が近づく。

その額が、私の額に合わせられる。

「近い」

「僕のことを見ていてくれて、ありがとうございます」

当たり前のことだ。なのに彼は感慨深く礼を言う。

「僕も……あなたが好きですよ」

鼻先が触れる。何それ。何だもう。

顔が十六歳みたいに熱を持つのが分かる。恥ずかしくて仕方ない。

でも今日はこれ以上考え事しないぞ。閉店です閉店。

「たぶらかさないで。まだ怒ってるんだから」

「怒っててもいいです。僕のためでしょうから」

伝わってくる温度は温かい。

今はそれで充分だ。ちゃんと私の手は大切な人に届いたのだから。

※

「ローズィア・ペードン、僕はあなたとの婚約を破棄します」

「まあそうですよね」

ロンストンの聖堂に乗りこんで三日。私はほぼ軟禁状態にあったわけだけど、その間えらい人たちがあーでもないこーでもないと議論して出た結論がそれらしい。

ロンストン城の小さな会議室、長机が平行に並んでいるだけの小さな部屋にて、私は書面として起こされた条件に目を通す。

うん、私に残るものは何もないんだけど、私が捨てるものもない。まっさらにしましょうね、という感じ。もともとユールとの婚約で私に流れる利権を警戒してああなったわけだから妥当な結果だろう。私は羽ペンを取ると、末尾に署名する。

隣のユールが苦笑した。

「まったく躊躇《ためら》わないでいられると、それはそれで落ちこむんですが」

「あなたが生きていられるなら充分だわ。結婚なんて書類上のものでしょう？」

「あなたの経歴に傷がつきますよ」

「残念ながら、私はそれを傷とは思わないの」

「僕は申し訳ないですけどね」

テーブルの向こうで、ユールのお兄さんである現王が頷《うなず》く。

――脅迫の結果、ユールの処刑はなくなった。

王位はお兄さんに譲位され、ユールは「ピビア大公」という爵位に任じられた。大公っていっても名目だけ。だって死ぬはずの人間だったわけだから、国は彼に渡せるものが名目しかないわけ。実際は今までと同じ放任です。

ただ代わりに暴れまくった私との一切の関係は清算。そりゃそうですね。宣戦布告したもんね。でも別にいいです。処刑の廃止も文書に盛り込んでもらえたし。

「僕としては、僕が身分を捨ててあなたと結婚する方がよかったんですが」

「ややこしくなるから蒸し返さないで！　もう一回会議が踊っちゃうでしょう！」

あと近い！　なんか落ち着かないからやめて！

触れるほどに隣に近づいてきたユールから、私は一歩距離を取る。

ユールは心外、と言った顔で私を見た。そんな「散歩に連れて行ってくれない飼い主を見上げる犬」みたいな目されても聞かないから。第一、私にはあなたと結婚を決められる権限がないし。

「いいから早くあなたもサインして！　ほら」

「はいはい。残念です」

あやすように笑顔を向けられる。この人、私の方が年上だって忘れてないか？

処刑が中止になったあの日以降、ユールは肩の荷が下りたみたいだ。本来の素性を明かした私をゆるい感じで構ってくるようになった。軟禁されてる私を訪ねてきて食事を選ばせてくれたり、そのまま一緒にご飯食べた後に本を読んで感想戦したり。バッドエンド回避以外の話をこんなに彼とするのは初めてだ。心の距離感が近い。

私の方は一晩明けた時にはもう「余計なこと言った……」と自己嫌悪をしてたんですけど。一人反省会ですよ。ちゃんと人とコミュニケーションしない人生を送ってきた人間はこれだから駄目。

彼が私の話を聞いて憎からず思ってくれたっていうのはさすがに分かる。でも私は好意を示されてもどう返していいか分からないし、反射でぬるぬる逃げちゃうわけです。

実際ユールのことは好きだけど、それが恋愛的な意味でかって言ったら自分でもよく分からない。「彼の精神性が好き」と「彼が好き」は似てても違うんだ。その差を大きいと感じるのは、私が彼のことを「物語の中の人」という認識から一方的に知っているのと、「今の自分が二年間だけローズィアの体を借りている別人」と思っているからかもしれない。この世界において私は異物なんだ。そんな人間が彼らを助けるために踏みこむのは許されるけど、恋愛はライン越え……な気がしてしまう。

私が苦い顔で固まってしまっていると、ユールは相好を崩した。

「冗談ですよ。あなたが勝ち取ってくれたものですし、ありがたく署名します」

「む……」

急に真面目に微笑まれると落ち着かないし、私が引っかかってたのは別のことなんですけど……。まあいいか。その辺は二の次で。ユールも書類にサインして、これで正式に婚約破棄。立会人がチェックして手続きは終了です。

気が付くとユールのお兄さんが私をじっと見てくる。第二ラウンドですか。受けて立ちますよ。けどお兄さんは、私に向かって目礼した。

「ロンストン王家の呪いは、『積み重なった死者の念によるもの』と言われています」

うわ、嫌な情報来た。なんなんだ。怖がらないぞ。

「でも、あなたを見ていると、生きている人間の方が強いのでは、と思えてきました。

……弟をよろしくお願いします」

「たった今、婚約破棄したのですけど」

婚約が名目上のことなら、破棄も名目上のことだから別にいいんだけどね！


一通りの手続きが終わると、私は会議室から広間に出される。

青い壁の広間は舞踏会をするほど広くはない。せいぜい小規模な立食パーティが開けるくらいだ。そこには三日前に聖堂にいた人間も何人かいる。彼らは動物園のゴリラを見るように距離を取って私の様子を窺《うかが》っていた。バナナぶつけますよ。

ユールが私に手を差し出す。

「国境までお送りしますよ。あなたから目を離すのは怖いですからね」

「何をしでかすか分からないものね」

「そういう意味ではないんですが」

自己評価はちゃんとしているつもりだから。あとロンストンの宮廷もそこまで信用してないし。だから私は、ユールの手を取って言う。

「いいわ。でも迎えはもうお願いしてあるから」

「迎え？」

ロンストンからすると、私は身一つで来たことになってる。途中で馬車が襲われたからね！　ネレンディーアでは騒ぎになってるかも。周りの人たちが怪訝《けげん》な顔してるのは「軟禁されてたから馬車なんて呼べるはずない。おかしくなったのか」ってことだろうけど、ちゃんと手配してます。だから、その名を呼ぶ。

「――アシーライラ」

「はぁい」

誰もいない空中から声が響く。

まず黒い手袋を嵌《は》めた手が現れ、次にフードをかぶった魔女が私の隣に現れた。

広間に剣呑《けんのん》なざわめきが走る。

「魔女!?」

「あの娘、魔女と繋《つな》がりがあるのか……！」

そうですよ。私は計算高いんで、一度知り合ったら絶対縁を繋ぎますから。アシーライラともちゃんと報酬込みで契約してる。顧問魔女だ。相談料とは別で、個々の依頼料もその度ごとに払うって感じ。私の顧問魔女は、フードの下から広間を見回した。

「おや、何とかなったのかい？」

「話し合いでね。おかげであなたに力技を頼まなくて済んだわ」

「そりゃおめでとう。で、何人か仕返しに間引いとく？」

アシーライラの軽口に、ロンストンの貴族たちがぶるっと震える。いやいや、しませんよ、そんなこと。話ついたからね。よかったね、実力行使されなくて。

「それはいいわ。ネレンディーアに帰りたいの。そこであなたとも色々話をしたいわ。時間をとってくださる？」

「お安い御用さ」

ありがたい。持つべきものはちゃんと契約で動いてくれる仕事相手ですよ。

呆然《ぼうぜん》としていたユールが我に返るとアシーライラに言う。

「あなたは……彼女を守ってくれたんですね」

「君との約束通りだよ。つい君のことをしゃべっちゃったけどね」

てへ、って舌を出すアシーライラ。これはちょっとかわいい。ありがとう。

「じゃあ婚約者くんもついでに連れて行ってあげよう」

「婚約破棄したわ」

「じゃあ元婚約者くんもついでに連れて行ってあげよう」

校正が入ったみたいになった。

ユールが何かを言いかけるけど遅い。ふわりとアシーライラがローブのマントを翻す。

そうして視界が変わった時、私たち二人は雑然とした薄暗い工房に招かれていた。

「ようこそ、私の庵《いおり》に」

アシーライラは転送みたいな魔法が使えるんだけど、移動条件に「魔女の庵を経由することと」ってあるんだよね。そこで日数が消化されるから、長距離だと実質馬車で移動するのと同じくらいになる。

驚いて魔女の庵を見回しているユールに、私は先に言っておく。

「巻き添えにしてしまったわね。ただ私がアシーライラと契約しているって見せとけば、証書を破ってまであなたに何かしてくる人も出ないでしょう。帰りは転送してあげる」

「……あなたには驚かされますね」

「実力者なのはアシーライラで、繋いでくれたのはあなたよ。私はそれに乗ってるだけ」

私は人と人を結ぶだけだから、その肝心の人がいないと何もできないんだよね。だから自分は無力だって思うし、それでもやれることをやらないと。

お茶を淹《い》れようとしているアシーライラに私は言う。

「お茶なら私が用意するから、私の屋敷に送ってくださる？」

「君の選別したお茶か。興味はあるけど、無難な話の時がいいんじゃないかい？　誰が聞き耳を立てているか分からない」

うーん、私の屋敷ならそれはない、って言いたいとこだけど、これはやんわりした拒絶だ。「話をしたいならここで」っていうことだろう。今はそれを受け入れた方がいい。

「ではお言葉に甘えて。お手伝いいたしましょうか」

「お、助かるね。じゃあそこの戸棚から皿を出してくれ」

手分けしてお茶とお菓子を用意すると、私たちはテーブルにつく。話す内容は一つだ。

「妖精《ようせい》契約と妖精姫について、知ってることを伺いたいわ」

ネレンディーア独自の風習で、地方の記述では「災厄の前触れ」とか「人間に与えられた試練」などと言われている妖精姫。それについてアシーライラは何か知らないだろうか。いきなりの本題に、魔女は微笑む。

「それは君の友人の妖精姫に聞いた方がいいんじゃないか？」

あ、やっぱりティティが妖精姫って知ってる。

「聞いたけど、『自分はどこかに溜《た》まっていた澱《おり》のようなもので、時が来たから誰かに頼まれて落ちてきた気がする』って。それ以上のことははっきりしないらしいわ」

「なるほど。妖精姫本人からするとそういう捉《とら》え方なのか。面白いねえ」

「あなたはこれがどういうことか分かるの？」

魔女は肩を竦《すく》めると、テーブルの中央を指差した。そこにぽんとミルク壺《つぼ》が現れる。

アシーライラは一匙《さじ》ミルクを取ると、それを自分のカップに落とした。

「この世界には潮流がある。全てのものは大きな流れの中にある。人間も例外じゃない」

ミルクは赤いお茶の中で白い弧を描く。赤と白がくるくると環《わ》を作る。

「ただこの潮流は、私たちには見えない時間と空間も含んで一周になっているんだ。私たちには世界の半分は捉えられていないと言っていいだろう」

「それが妖精の国ですか？」

口を挟んだのはユールだ。彼も彼であちこち調べてくれてたから、ひょっとしたら妖精については私より知識があるかも。

「そうだね。人間の世界と妖精の国と呼ばれているものは二つで一つの世界だ。ただどうやら、妖精の国側はこの潮流がスムーズじゃないみたいでね、流れが淀《よど》む、溜まる、そういうことがあるみたいなんだよ」

「……それが、澱？」

「ではないのかな、という私の仮説だ。上手《うま》く流れなくなった潮流から生じて、人間の世界に落ちてくるものだね。妖精姫とはどうやらそういう存在なんだろう」

なる、ほど？　いや、でもだから何？　思わず眉根《まゆね》を寄せていると、ユールが言う。

「つまり妖精契約とは、上手く流れていない世界の潮流を正常に動かすためのもの、ということですか」

「その可能性が高いね。私もネレンディーアの王族に直接聞いたわけじゃないから推察だけどさ。第一王子との契約だっていうのもそれが理由じゃないかな。王族なら確実に魔力があって契約の受け手になれる。それに加えて一番高貴な人間が穢《けが》れを負うわけだ」

「穢れって……」

ティティのどこが穢れなの、出るところ出るぞ。いや、そうじゃなくて。

なるほど、だとすると妖精契約は本当に神事なんだな。でもそれなら失敗するのはまずいんじゃ。って、ちゃんと国は滅ぶね。納得。

「なら、もし妖精契約が失敗するとしたら、原因はなんだと思う？」

思いきって直接助言を求めてみる。アシーライラは、ぐりんと首を動かしてこっちを見た。今の動きは可愛くなかったぞ。怖い。血色の悪い唇がにっと笑った。

「さあ？　契約を受け入れる人間側が力不足だった、とかじゃ？」

それはやっぱり、ジェイド殿下が駄目ってことなんじゃ？　なんじゃ？

考えこむ私に、魔女アシーライラは笑って見せる。

「それよりローズィア嬢、君を襲った人間の方はいいのかい？」

「あ、忘れてた」

「襲った？」

ユールの顔が険しくなる。ああー、どうして今言っちゃったの、アシーライラぁ……。

「どういうことですか、詳しく説明してください」

「ロンストンに馬車で移動中に馬車が襲われてアシーライラに助けられました。少なくとも相手は数人の男を雇って指示できる人間みたいです」

面倒だから一気に説明だ。ユールの険しい顔がますます険しく。うわ、人が怒ってるの見るの怖いな。私も気をつけよう。

「場所は？」

「ベニロン峡谷あたり。あとちょっとでロンストンってところ」

「ということはロンストン側の人間の可能性が高いですね……」

「違うよお」

呑気《のんき》な声をあげた魔女は、私たちの視線を受けて悠然とお茶を飲む。

「ついでに調べといてあげたよ。あれをやったのはネレンディーアのベグザ公爵。できるだけロンストンに近いところで襲撃して、ロンストン側に罪を着せようってことだね」

「あのおじさんが⁉　証拠はあります？」

「あのおじさんかどうかは知らないけどおじさんだよ。証拠もあるよ。はい」

魔女がテーブルに放ってきたのは何通かの指示書だ。私とユールはそれらを回し読みする。口元が自然に緩んだ。

「こ、これであの親父を排斥できる……」

「駄目な笑い方してますよ、ローズィア」

呆《あき》れ顔で言われても、うれしいものはうれしいもん！


「——なるほど、確かにお前の言う通りのようだな」

ジェイド殿下は書類に目を通しながらそう言う。

魔女の庵で過ごした時間は、今回は三日相当になってた。ごめんね、ユール。

私は彼をロンストンに送り返して、急いで資料を作ってジェイド殿下に面会願いを出した。ジェイド殿下はもう卒業なさっているから王城まで来たんだけど、門前払いはされなかったし待たされたけど無事面会が許された。これも在校時代の三顧の礼のおかげです。ありがたい。

前回は王城には立ち入れなかったので、中に入るのは初めてだ。私が通されたのはジェイド殿下の執務室。いくつもある本棚には本がみっしりで、執務机は羨《うらや》ましいくらい大きい。実用品以外は何もない部屋だ。ちゃんと衛兵が入口に立って私を見張ってる。

ジェイド殿下が読んだ書類は、ベグザ公爵が私を襲撃した件についての証拠書類だ。アシーライラがくれたものに、自分でしていた調査を合わせた。どうやらベグザ公爵は、私がロンストンと繋《つな》がりを得て、より一層影響力を持つのを避けたかったらしい。あわよくばロンストンのせいにしよう、という感じで私を襲撃したんだと。

なんていうか……蓋《ふた》を開けると「狙いは私か！」って脱力しちゃう話だ。そりゃ真砂の時は容疑者にあがらないはずだよ。私のプレイングはプレイングで真砂とは違う敵を生んじゃうんだな。でもこれを利用しない手はないです。

ジェイド殿下は読み終わった書類を引き出しに放りこむ。

「公にする前に俺に話を回してくれて助かった。こちらで処理しよう」

あのおじさんって国の重鎮だもんね。醜聞を表沙汰《おもてざた》にできないよね。

じゃあここからは交渉です。

「心強いご対処、ありがとうございます、殿下」

「それでお前の狙いはなんだ？」

率直！　話が早くて助かります。殿下はもう私の性格を分かっているから「なんのことですか」とかのターンは省略。

「妖精《ようせい》契約のことです、あれをデーエン殿下と交代して頂けませんか？」

思いきりストレートを投げてみた。話が早いし。

そう、私がロンストンでがちゃがちゃやり、アシーライラの庵《いおり》で話しこんでいる間に、ネレンディーアでは妖精姫と妖精契約について発表されたんだ。ティティは校内で噂されて居心地悪そう。でも百六十年ぶりの妖精契約に王都はちょっとしたお祭り空気だ。今が商機と動き出す企画もたくさん現れた。大貴族としてもともと妖精契約を知っていたベグザ公爵は、おそらくこれを機に私がもっと成りあがってこないかって用心して排除にかかったんだろうな。でも私がどうにかしたいのは、妖精契約本体の方だ。

さて殿下の方は、というと。あ、アホを見る目してる。

「……お前は度し難い馬鹿者だな。この情報提供と釣り合うはずがないだろう」

「言うだけは言ってみようかと思いまして」

「お前の本質は商売人だな」

いや、ただの社会人ですよ。でもこの反応は予想内だったんで、第二案を出す。

「では、妖精契約の際に使われる指輪。あれを私の紹介する彫金職人に任せて頂けませんか。最高純度の純魔結晶をご用意します」

私が書類を差し出すと、殿下は黙ってそれを受け取って目を通す。

「分かった。これくらいが妥当だろう」

「感謝いたします」

やった。これで当初の三つの目標うち「ベグザ公爵の排除」と「指輪職人の斡旋《あっせん》」の二つが叶《かな》った。叶ったんだけど、私が一番叶えたいのはジェイド殿下の降板なんだよな。これは何としても達成したい。一番怪しいし。次はどう出ようかな。ジェイド殿下が悪い人じゃないだけに難しい。

笑顔のまま考えこむ私を、ジェイド殿下はじろりと睨《にら》む。

「そもそも何故お前は妖精契約の相手を替えさせたいのだ」

「殿下はティティと相性が悪いようなので。殿下もそれはご自覚がおありでしょう」

妖精契約だけじゃなくて、その後の結婚もあるんだ。普通の友人としても口出ししたくなる。ジェイド殿下は深い溜息《ためいき》をついた。

「デーエンとなら妖精姫は好き合っている、か」

「ご存じだったんですね」

「誰でも気づく。弟には直談判もされたしな」

あー、デーエンそんなことしてたんだ。知らなかった。頑張ってる。

でもジェイド殿下はそれをつっぱねたのか。どうしてやろう。

私が笑顔の裏で考えていると、ジェイド殿下は溜息をついた。

「お前はロンストンで儀式王の即位に立ち会ったらしいな。そして婚約破棄された」

「ええ。音楽性の違いで破局しまして」

「音楽性？」

「冗談です」

ついおちょくりたくなって関係ないことを言ってしまった。反省。

思いきり顔を顰《しか》めたジェイド殿下は、真顔に戻ると問う。

「ならお前は『十四代ごとの夭逝は何故起きるのか』理由を聞いたか？」

「何故……というと。積み重なった死者の念によるもの、という話でしょうか」

「ついてこい」

ジェイド殿下はおもむろに立ち上がると廊下に出る。続こうとする衛兵を手で押し留《とど》めた。城の奥へと歩いていく。なんなんだ……ついていくけど。

普通なら未婚の貴族令嬢が身分ある異性と二人きりで行動するのはよくないんだけど、私は既に経歴に傷がついてるから問題なし。ジェイド殿下もそう思ってるんだろう。この人、私と同じで実利を優先するタイプだ。やりやすくはあるけど懐柔策も効きにくい。

私たちは廊下をしばらく歩いて、一つの古びた扉の前で止まった。ジェイド殿下が懐から鍵《かぎ》を取り出してドアを開く。え、なんだろう。いわくつきの部屋っぽい。

「入れ」

中は薄暗いけど、たくさんの物が置かれているということは分かる。すぐに殿下が燭《しょく》台《だい》に灯《あか》りをつけた。部屋の中が照らし出される。

「祖母の遺品を保管している部屋だ」

その言葉を、私は聞いていて、聞いていなかった。私の視線は壁にかけられた肖像画に釘付《くぎづ》けになっていた。髪色は違う。ジェイド殿下やデーエンと同じ黒だ。でも深い青の瞳《ひとみ》。古めかしいドレスを着た儚《はかな》げなその美貌《びぼう》を、私が見間違うわけがない。

「ティティ？　なんで肖像画が……」

「俺の祖母だ。十七年前に亡くなっている」

「え？　同じ顔、そんな馬鹿な」

こんなの知らない。心優しい私の友達。

「妖精は、死んだ人間の姿形を真似て生じる穢《けが》れたものだ。そんなものとの契約を弟にさせるわけにはいかない。これは俺の責務だ」

その後私は、殿下に何を言ってどう帰ってきたか――覚えていない。


「――いや、でもよく考えたらティティは人間じゃないんだから、死んだ人と同じ姿でも仕方なくない？」

呆然《ぼうぜん》と王都の屋敷に帰って、呆然と踏み台昇降をしていた私は、はっと気づく。

同じ部屋で文献を読んでいたユールが相槌《あいづち》を打った。

「そうなりましたか」

「そうよ。だって人間の両親から生まれるわけじゃないんだから、元となる容姿がないでしょう？　だったら亡くなった人を学習元にすることだってありえるでしょう。むしろ生きている人そっくりになるよりよくない？」

「それはそうですね。まぎらわしくない」

私から話を聞いたユールは「なるほど、それでティティは忌避されてるんですか」というクールな反応だったんだけど、なんでそんな無心でいられるんだ。もっと驚け。

「とにかく、ジェイド殿下は妖精契約を自分の義務だと思ってるから他に譲る気はないと分かったわ。あとはどう引きずり下ろすかだけど――」

正直、あの人は真面目にやってるから、引きずり下ろすネタがないんだよね。

「……罠《わな》をかけるしかないわ。心が痛むけど」

「すごいことを言ってますね。露見したら不敬罪では済みませんよ」

「綱渡りだけどやるしかないわ。まさか第一王子を物理的に襲うわけにもいかないし」

「それは確実に処刑ですね」

「だからあなたが聞いているのはまずいのよ。なんでここにいるの？」

「僕が買った屋敷だからじゃないですか」

「代金返すって言ってるのに！」

受け取ってくれないんだよな、もう！　いやでも、ジェイド殿下相手に謀略をしかけるなら、本当にユールがここにいるのはまずいんですよ。

「いざという時、あなたがいると国同士の問題になるわ」

「ロンストンに仕返ししたがっていませんでしたか、あなたは」

「あなたを巻きこんだら仕返しの意味がないでしょうが」

「僕は巻きこまれたいと思ってますよ」

「だあああ！　ああ言えばこう言う！　やりにくいな！」

踏み台昇降中なせいで心拍数が百四十（推定）くらいだから反論するのも辛《つら》い！

でもユールはくすくす笑うだけで堪《こた》えない。いやもっと真剣に捉《とら》えて？

「王族相手に謀略をしかけるならもう期限はあんまりないの。途中で駄目になるものもあるって考えて、五つ……か六つは策を動かさないと。それ以外の準備もいるし」

「構いませんよ。何からやりますか？」

「だーかーらー！」

話が通じないな！　でもここで押し問答してても進まないからとりあえず先だ先。

「違法性が少ないものから手をつけるわ。妖精契約が発表された以上、残り十カ月なんてあっという間だもの」

ティティやデーエンを駆け落ちさせるって手も考えたいけど、ティティは自分からは逃げない。説得も聞かない。やるなら拉致《らち》か脅迫って形になるし、さすがにそれはなあ。

ユールがふっと文献から顔を上げて私を見る。

「もし妖精契約で失敗した場合、あなたは二年前に戻るわけですよね」

「そうね。嫌な話だけれど」

最初からやりなおしはごめんだ。全部まっさらになるのは一度経験したけど心に来る。

それを繰り返して心が折れたら、私もいつか「自分では打開策が見つけられない」って思う日が来るんだろうか。そんな日が来たら、少なくとも真砂の分と私の分の周回は書き起こして次に渡さないとな。幸い、記憶力には自信がある。『妖精姫物語』も、必要な情報をちゃんと列挙できる。ああ、でも――

「戻りたくはないわ。人との関係を全部一から築き直すのは、やっぱり神経をつかうから。自分だけが知っている情報も増えるし、そうなれば人との間に距離が生まれる」

自分だけ年を取るというのとはちょっと違う。自分だけ更に異質なものへなっていくし、それを隠して振舞うのにエネルギーを要するようになる。私は人脈を形成して動かすタイプで、更にはそれが白紙になるのを楽しめるタイプじゃない。

「ともかく、契約指輪の製作と純魔結晶の運びこみの準備はしないと……あ、次の公共事業の入札準備……いや先にお風呂《ふろ》……」

ジャージが汗だくだし、いったんさっぱりしたい。ユールに断って部屋を出て行こうとする私の背に、ユールの声がかかる。

「大丈夫ですよ。あなたが戻らずに済むようにしますから」

ドアに手をかけたまま、私は彼を振り返る。私を見てくるユールは穏やかに微笑していて、その笑顔を見ると「あ、もうちょっと頑張れるかな」って思うんだ。

※

そこからの十ヵ月、私はひたすらに奔走した。

殿下兄弟と、ティティとは何度も話した。ティティは、自分が死んだ人間の外見を模して生まれたのは知らなかったみたいで、「そうなんだ」と少し悲しげに笑った。

「私は人間じゃなくて、生まれたのにも役目があるし、それを放棄はできないよ」

そう言って、やっぱりティティは最後まで逃げることに頷《うなず》かなかった。

ああ、私が歩いているのは、相当強固なレールの上みたいだ。でも最善を尽くすしかない。ここは私が選び取った正念場だ。

「──指輪はよし、純魔結晶も大丈夫、自分の衣裳《いしよう》も平気……」

ばたばたしているうちに、あっという間に妖精《ようせい》契約の前日になってしまった。私は屋敷でチェックリスト片手に最終確認。ティティの付添人にはちゃんとなれたし、契約指輪も私の推薦した職人が作った。ベクザ公爵は妖精契約には出席できないし、やれることはやった。全部が上手《うま》くいったわけじゃないけど……あ、胃が痛い。

こんな時ユールが隣にいたら「気にし過ぎても仕方ないですよ」って言ってくれるんだろうけど、彼は正式な招待客でロンストンの人間だから、今夜は城に泊まってる。

婚約破棄したのに今まで結構な割合で一緒にいた方がおかしいんだけど。彼は私の根回しを手伝いつつ国外も回って資料を集めてくれたり、聖女ノナを探してくれたりしていた。ノナは本当に見つからない。目撃証言は結構あるんだけど、白い修道女姿をしていることが多いらしい。言われてみれば私も一度見かけた気がするんだよな、どこかで。

ユールが私に構ってくるのは相変わらずだけど、妖精契約に向けて忙しくしてるからか、度を過ぎて私に答えを求めようとはしない。こういうところ、彼は大人だと思う。

「あなたは、全部終わったら何がしたいですか？」

一度だけ彼にそんなことを聞かれた。私は準備で疲れ果てていて、大きなソファに転がっていた。ユールは私の頭の隣に座って、私の凝り固まった目元を優しく押してくれていた。私はストレスや疲労が体に出ちゃうタイプだからすごく助かる。元の世界でも体は恒常的にばきばきだったけど、そのまま騙《だま》し騙しやっていた。

でもユールはそんな私を時々ほぐしてくれてた。現状を報告しながら、懸念点を相談しながら、たまにただの雑談をしながら。そんな時間が私は好きだった。大人になってから、こんな風に誰かに手をかけてもらえることなんてなかったから、ただ甘えていた。

「終わったら……そうね、温泉に行きたいわね」

「なんですかそれ」

ふ、この世界って温泉に浸かって疲れを癒《いや》すって文化がないんだよね。場所によってはぼっちぼちの源泉はあるんだけど、熱湯だから浸からない。は、これって商機!?

それはさておき、何がしたいかっていうと。

「どこか遠くでのんびり骨休めしたいわ」

山でも海でも綺麗《きれい》な景色が見えるバルコニーに長椅子を置いて、お茶を飲みながらゆっくり時間を過ごしたい。何も考えず、時間を気にせず、好きな本を読んでお昼寝して、二日でいいからそういう時間を過ごしたい。

疲れた社会人みたいな望みは、口にすると「あ、自分疲れてる」って思うんだけど、ユールは穏やかに笑った。

「いいですね。一緒に行ってもいいですか？」

「構えないわよ。何もしないことを楽しみたいの」

「何もしないでいるあなたの傍にいるのが楽しいんですよ」

「ならいいけど、退屈かもよ」

「退屈はしませんよ。あなたが面白いですし」

「わざと面白くしてるわけじゃないのよ⁉」

そんな他愛もないやりとりをした。

妖精契約が終わったら、私はきっと彼とのことにも向き合える。好意を受け取るか否か、自分は彼をどう思っていきたいのか、ちゃんと考える。今はやらなきゃいけないことに追われるばかりだけど、そこから零《こぼ》れてしまったものも大事にできる。

そのためにも、問題は明日《あした》だ。

私は壁にかけた白いシンプルなドレスを見やる。それは妖精姫の付き添い人の衣裳だ。

「勝負は明日……」

妖精契約に出席する以上、失敗は死だ。二年間やって来たことの答え合わせは、私が生きるか死ぬかに反映される。そう思うと恐ろしくもなるけど、最後まで足掻《あが》かないと。

いざという時はティティを無理矢理逃がすことも考えて──

その時、部屋の扉がどん、と叩《たた》かれる。廊下からセツの焦った声がした。

「お嬢サマ！　逃げてください！」

「え？」

まだ前日だよ。なんで？　首を捻《ひね》りながらドアを開けた私は、そこで硬直する。

セツが羽交い締めにされている。それも服装からして城の衛兵にだ。衛兵は全部で四人いて、別の一人が私に書類を掲げて見せる。

「ローズィア・ペードン、不敬罪の疑いにてここにあなたを拘禁する！」

……嘘でしょ。


当然ながら四人の衛兵相手に私が逃げられるはずもないので、普通に捕まって城に連行された。「不敬罪の証拠はあるのか」とずっと抗議したけど、衛兵も城で出迎えた爵位持ちの文官も「これから調査する。ジェイド殿下の命令なので、調査終了までは拘禁決定」の一点張りだ。や、やられた……！　よりによって前日にこれ！

この十カ月、私はジェイド殿下をなんとか妖精契約から下ろさせようと手を回していたけど、ことごとく不発に終わってたんだ。だから明日はイレギュラー案件を直前で発生させて、そっちの対応に殿下を駆り出してやろうと思っていたら先手を打たれた。

向こうも私のことを用心していたんだろう。摑《つか》ませるような証拠はないし、一切書面にもしてないはずなのに捕まった。王族ならこういう強引なことができるわけか。私が甘かった。百年前からやりなおせるなら国家転覆させちゃうぞ。

私は城の客室の一つに放りこまれる。衛兵たちが出ていくと扉には鍵《かぎ》がかけられた。ってかこんな部屋あったんだ。窓に鉄格子嵌《は》まってる。軟禁用の部屋だからきっと声を上げても届かないようになってる。

「これじゃ妖精契約に出られない……」

このままだと前回の二の舞になる。明日までに何としても脱出しないと。

セツは屋敷に残されたけど、ユールは儀式が終わるまで屋敷に帰ってこない。連絡の取り継ぎも多分禁じられてる。待ってるだけじゃ手遅れだ。自分で何とかしないと。

「アシーライラ、聞こえる？」

私は顧問魔女の名を呼ぶ。

けど待っていても反応はない。え、なんで？　王城だからなんか妨害があるの？

まずい。このままじゃティティが……。

私はそれから部屋中を調べて抜け道を探した。アシーライラの名も何度も呼ぶ。

でも部屋を脱出する手立ては見つからなくて。

――そして、妖精契約の日がやってきた。

カーテンの隙間から差しこむ光で目が覚める。

力尽きてベッドに突っ伏していた私は、はっと顔を上げた。

「まずい」

時計を見ると妖精契約までもうあまり時間がない。手段を選ばず脱出しないと……。

私はドアに駆け寄るとそこをドンドンと叩く。昨日も散々やって手が痛いけどそれどころじゃない。頼むからちょっとでも開けて。そこから強行突破するから。

扉の向こうからは一切反応がない。これはもう何かでぶち破るしかないか。

そう思って私が一人がけのソファを動かそうとした時、ドアが叩かれた。

「ご朝食です」

あ、ご飯あるんだ！　昨日の夕食はなかったのに！　夕方だったから仕方ないか！

でもこれはチャンス。って……いや。私は黙ってドアが開けられるのを待つ。ワゴンを押して一人の侍女が入ってくる。彼女は後ろ手に扉を閉めた。

「お待たせしてすみません、ローズィア様」

顔を上げた侍女はお針子のミゼルだ。彼女は素早く服を脱ぎ始める。

それで察して私もドレスを脱いだ。私たちは服を交換し、互いに髪を結い直す。

「入りこむのに手間取ってしまいました。この部屋を出て右に行ってから突き当りを左に、セツさんが待っています」

「迷惑をかけてごめんなさい。ちゃんと後で助けに来るわ」

王城に入りこめる人間は多くない。私が拘禁されたのを知って、職人として有力者にも目をかけられているミゼルが名乗り出てくれたんだろう。

私は侍女の格好になると、ワゴンに手をかける。

「ユールはどうしてる？」

「ローズィア様のことはお伝えしました。先に聖堂に向かわれています。お早く」

「ありがとう」

私はミゼルに頷《うなず》くと廊下に出る。衛兵にうつむきがちに会釈してワゴンを押し始めた。不審に思われない程度に足早にその場を去る。

——今日のために仕掛けていた策は、もう十全に動いていないと思っていいだろう。

ジェイド殿下もこんな強引な手段に出たってことは、私の小手先じゃ揺るがないってことだ。ならできることはただ一つ、私がループしていることを殿下に明かすしかない。

「お嬢サマ、こっちです！」

手招きするセツに案内され、私は城の使用人たちが使う廊下を裏口へ向かう。

「今度はお嬢サマ、何やらかしたんですか」

「まだ何もやってないわよ。共謀罪くらい」

「犯罪行為だけはしない人だと思っていたんですが」

「まだ何もやってないってば！」

上手《うま》く城を脱出できても、街中にある聖堂までは走って十分以上はかかる。まずい。誰か魔力持ちが欲しい。転送したいから魔力使わせて。

でもこんな時に限ってそういう人は見つからない。魔力持ちが多い王侯貴族は契約の儀に向かってるもんね。仕方ない。アシーライラも何度呼んでも答えないし。

私とセツは、あわただしく廊下を抜ける。遠くで鐘の音が三回鳴り響いた。

「時間がないわ。急がないと」

鐘は定刻に近づくにつれて回数が減っていく。これはぎりぎりだ。

私たちは城の建物を出ると、侍女と出入りの商人という二人組を装って城の通用門を抜けようとする。でもそこで門の衛兵が眉《まゆ》を上げた。

「おい、そこの侍女。顔を見せてみろ」

う、こんなところで足止めされたくないんだけど。

でも拒否っても怪しまれる。仕方なく私は顔を上げた。衛兵が顰《しか》め面になる。

「お前、まさか今、拘禁されてる――」

まずい。詰んだ。

その時、誰かが門の外から私の名を叫ぶ。

「ローズィア！」

「っ、デーエン殿下！」

聖堂にいるはずじゃ！　でもありがたい！

衛兵があわてて姿勢を正す。私はデーエンの方へ駆け出した。右手を差し出す。

「殿下、手を！」

その手をデーエンは何のためらいもなく取ってくれる。

「——魔力徴発・転送・設定『ネレンディーア聖堂・内部』！　起動！」

彼の手を握りしめる。周囲の景色が変わる。

白い石造りの廊下は、見覚えある聖堂内の奥廊下だ。

転送を初めて味わったデーエンがきょろきょろと辺りを見回す。

「ここは……聖堂か？」

「そうです。殿下、ティティは？」

「儀式の準備をしているはずだ。君が拘禁されたとさっき知って、私が迎えに行くと請け負ったんだ」

「助かりました、殿下」

普通に迎えに来ていたら妖精《ようせい》契約には到底間に合わない時間なのに、デーエンは私の方に来てくれたんだ。本当にありがたい。申し訳ない。けどおかげで間に合った。

——今、私が押さえるべきは、ジェイド殿下だ。

「デーエン殿下、ティティのところに行ってください。そして時間が来たらどうか、殿下ご自身で妖精契約の儀を始めてください」

「それはどういう……」

「そのままの意味です。ティティを助けてください」

もうここにしかチャンスはないんだ。二年間色々やってきて今この時だけ。

私の真剣さが通じたのか、デーエンは真面目な顔で頷く。

「わかった。責任を果たそう」

「ありがとうございます！」

デーエンは「ティティの結婚相手になる」って意味で言っているのかもしれないけど、それでいい。間違ってない。慣例を破ってでも引き受けると言ってくれただけで充分だ。

「兄上には私から一言──」

「いいえ！　ジェイド殿下のところへは私が向かいますので！　急ぎましょう！」

私はデーエンと別れて、ジェイド殿下がいる控室へ走る。衛兵たちは会場の警備に向かっているのか姿が見えない。だから私は誰にも止められることなく控室の扉を開けた。

「ジェイド殿下！」

返事はない。中は壁際に調度品とソファがあるだけの部屋だ。誰もいない。入れ違ったかと一瞬不安になるけどそんなはずはない。間に合うはずだ。

私は部屋に踏み入ると、奥の部屋へ続くドアを開ける。

開けて、無言になった。

「……ジェイド殿下？」

そこにいる彼は答えない。鐘の澄んだ音が聞こえる。回数は二回。

私は、ジェイド殿下の隣に立っている人物を見た。

「どうして？」

「彼を排除しなければ、あなたはこの先の未来に行けないんでしょう？」

問いに、問いで返すユールは白い正装姿で。

血の滴る剣を下げていた。

彼の足下に倒れているジェイド殿下は血溜《ちだ》まりに倒れ伏している。見開かれた目は、誰が見ても分かるほどに事切れていた。

あれ、なんで。

こんなの。

「あなたの二年間を無駄にするわけにはいきません。あなたがどれほど頑張ってきたか、僕が一番よく知っていますよ」

「そ、うじゃなくて」

私はユールを見る。

彼はいつもと変わらず微笑んでいる。

慈しみに満ちた目。その口元は何故か血で汚れていた。

何も分からない。

なんで。

「ジェイド殿下は何も……こんなことをしたら、あなたも……」

「大丈夫です。僕一人でやったことですから。あなたに累は及ばせない」

ユールは剣を持っていない左手を私に伸ばそうとする。けれど彼はその掌《てのひら》にもべったりと鮮やかな血がついていることに気づいて、私に触れぬまま手を下ろした。

足が震え出す。血の気が引く。私は悲鳴を上げそうになった口元を押さえた。

優しい、常に私の味方だった声が言う。

「さあ早く、ティティのところに行きなさい。妖精契約が始まります」

まもなく妖精契約が始まる。この二年間に幕を下ろす儀式が。

私は顔を上げてユールを見つめた。

「……あなたは？」

「僕はここにいます。ほら」

両手を広げて見せるユールのお腹は、血で真っ赤だった。よく見ると足下に護身用の短剣が落ちている。ジェイド殿下のものだろう。

ふたりが、なにを話して
どうやって決裂して
なんでこうなったのか
わたしは何も知らない。間に合わなかった。

「僕はあなたのおかげで、存在しないはずの一年間を余分に過ごせたんですよ」

嬉《うれ》しそうに、彼は言う。

「とても楽しかった。幸せだった」

彼の目が、過去の景色を思い起こして細められる。

「だからどうか、あなたはここから先に。行ってください」

ユールはそうして、いつもと同じように微苦笑して。

わたしがなにもわからないまま、なにもかえせないまま
たちつくしているあいだに
その場に、崩れ落ちた。

「あ、」

私は、よろよろと彼の傍に歩み寄る。そばに膝《ひざ》をついて、彼の顔に手を伸ばす。

「ユール、まって」

囁《ささや》いた声は震えていた。

わたしは彼に顔を寄せる。何かを言いたくて、でもわからない。

彼は一度だけ気泡混じりの血を吐き出す。

「さくら」

私を見つめる。

「あいしている」

彼は、それだけ言って、私の返事を待たずに目を閉じた。

鐘が鳴る。

それは、運命を追い立てる音だ。

妖精契約が始まる。


私は、突き飛ばされるように立ち上がる。

よろよろと、真っ赤な足跡を残して彼から去る。

誰も追ってはこない。

誰もいない廊下を行く。

一人で。

聖堂から司教の読み上げる口上が聞こえてくる。

デーエン殿下が代わりに出てくれたんだろう。

私は、ようやく辿《たど》りついた扉を開ける。

祭壇の前には、ティティとデーエンがいた。

白いドレスに身を包んだ私の妖精姫。誰よりも美しい存在。

私は潤む目を細めて彼女を見つめる。彼女は今日も綺麗《きれい》だ。私の両手が血で汚れていようと彼女までは届かない。

ティティとデーエンは遠慮がちに微笑みあう。幸せそうに。まるで結婚式だ。

私が苦心して導いた通りに。願った通りに。物語の幸福な終わりのために。

そうして彼らは指輪を交換して。


ごう、っと空間が鳴る。


次の瞬間二人の前には、あの赤黒い柱が出現していた。

「なんだ⁉」

誰かの声が叫ぶ。

二人の姿が柱の向こうに見えなくなる。

聖堂内に突風が渦巻く。悲鳴が上がる。

「きゃあああ！」

「に、逃げろ！　早く！」

天井を貫いて出現した柱は、あの日と同じくみるみるうちに膨らんでいく。

それが人々をのみこみ始めるのを、私は見て、

「……なんでよ」

喉《のど》の奥が鳴る。

視界が潤む。

ぽたぽたと、頬を伝って涙が滴った。私は血濡《ぬ》れた手を握りこむ。

「どうせ駄目なら……私と一緒に死んでくれたってよかったでしょうに……」

ああ、言えばよかった。

私も愛してたよ。

2.

目を覚ます。
よく知る天蓋《てんがい》が見える。
いつもの始まりの朝。繰り返す最初の朝。
私は寝台から降りて鏡へ向かう。鏡台の中の自分を覗《のぞ》きこむ。
「——おはよう、私。ローズィア・ペードン」
さあ、ここからまた新しい一年が始まる。

※

「真砂はどうしてローズィアを継いだの？」

そんな会話を彼女とした。私は真砂とティティたちのためにローズィアを継承するけど、真砂はどうしてローズィアになったのか気になったから。

彼女は遠慮がちに、少しだけ気まずそうに言った。

「わたしは、もともとの自分の人生から逃げたかったの。呆《あき》れるでしょ？」

「呆れはしないけど……」

生きづらさは人それぞれだ。少なくとも他人のそれを自分の物差しで測らないくらいの良識は、私にもある。真砂はテーブルの上で十指を組む。

「この人生から逃げられるならなんでも頑張れるって思ってた。新天地でやってみせるんだって。それをやってるうちに、周りの人たちが好きになっていったの。だから頑張ろうって……結局、駄目だったけど」

「駄目じゃないよ」

口をついて言葉が出る。

「真砂はちゃんとやり遂げたよ。十五回なんて三十年でしょ。それをちゃんとやって、記録を残して私に継いだ。充分過ぎる」

並大抵のことじゃない。十五回終わって十五回始めた。それを「駄目だった」なんて言う人間がいたら、私は絶対黙ってない。

つい声を大きくしてしまった私は、我に返ると「ごめん」と謝った。

真砂は少し困ったように、それでも嬉しそうに笑う。

「ありがとう。咲良がそう言ってくれるなら充分」

充分じゃないよ。私の言葉なんて全然真砂の頑張りに足りてない。でも実際、『妖精姫物語』の世界の人は、誰も真砂のことを覚えてないんだ。あの話を小説として読んだ人間しか知らない。

そしてこれからは、私が代わる。

「参考までに一つ聞いてもいい？」

「なんでもいいよ。言ってみて」

「何が一番辛《つら》かった？」

十五回繰り返すうち、何が一番真砂の心を折ったのか。

あらかじめ心構えをしておこうとする私に、真砂は淋《さび》しげな笑顔を見せる。

「――最初の朝が、一番辛かったよ」

ああ、真砂。

それでもあなたはこの朝を十五回も越えた。

なのに私は

※

「失敗した」

自分の声で目が覚める。視界にベッドの天蓋が広がる。

たちまち視界が涙で滲《にじ》んで、私は自分の顔を手で覆った。

「あ、ああああ、ああ」

声が零《こぼ》れる。何も分からないままの終わりが改めて押し寄せる。

まだ血の匂いが鼻をつく。

なんで
どうして
そんなことばかりがぐるぐると頭の中を回る。

声が、嗚咽《おえつ》が止まらない。

私は本当に失敗したんだ。失った。何も分からないまま、こんな。

彼も、ティティも、助けてくれた人もみんな、全部なくして……

「……違う」

駄目だ。まだ三回目だ。

折れてしまうには早い。何も分からないなんて、そんなことはなかった。

分かったことはちゃんとあったんだ。

「起き、ないと」

ベッドに手をついて、よろよろと起き上がる。

涙を拭《ぬぐ》いながら白い鏡台の前に立つと、そこにはひどい顔をした自分がいた。

鏡面に手をつく。指の形に涙の跡ができる。

「次は、ちゃんと理想の結末にする……ごめんね、真砂」

私たちローズィアは一人だけど、一人じゃない。

きっとみんなこの朝を通り過ぎた。この鏡を見つめた。

それだけを頼りに、託されたものを握りしめて、走り出すしかないんだ。

たとえ全てがまっさらになったのだとしても。


「ローズィア、顔色が悪いよ。大丈夫かい?」

朝食に現れた私に、父はそんな言葉をかけてくれる。化粧でごまかしたつもりだけど、ごまかしきれなかったみたいだ。私は苦笑して見せる。

「少し調子が悪くて。お父様、今日はせっかくの買い物の予定でしたが、部屋で休んでいてもよろしいでしょうか」

「あ、ああ。もちろん構わないよ。実はお父さんの方も急に予定が入ってしまってね」

そう。今日は新しい貿易商と、彼がうちに来る日だ。

新しい二年間を始める最初の日。前回のこの日、私は彼に事情をぶちまけて二回目を始めたんだ。最短の道が最善であると思って。とんだおこがましい話だった。

「そう言えば、ローズィアにとっては懐かしい人も来るようなんだが――」

「私は部屋におります。体調が優れないので」

その名を聞く前に断る。私は最低限の朝食を済ませると、心配するお父さんに謝罪して部屋へ戻った。そして、机の上にノートを広げる。

「分かったこと、は――」

妖精《ようせい》契約の失敗について、大きく二つのことが分かった。
・契約相手をデーエンに替えても変わらない。
・指輪を替えても変わらない。
これは重要な情報だ。少なくともあの赤黒い柱が出現する直前、ティティの表情は嬉《うれ》しそうだった。だから契約の失敗が彼女のコンディションによるものでもない。

「なら原因は何……？」

ノートに要点をおさえていく。本当はブレスト相手が欲しいけど、今は駄目。

前回はユールが付き合ってくれた。でも今回は無理。もう彼は巻きこめない。

彼は、私がループをしていることを知れば、私に肩入れしてしまう。ずっと終わらない二年間から、私を解放しようとしてしまう。それは駄目だ。だからもう二度と打ち明けられない。仕事と感情を切り分けるなんて当たり前のことだ。むしろ前回までがどうかしてた。真砂が駄目だったことを、後発の私ならできるなんてどこかで甘く見ていたんだろうか。恥ずかしい。

「あと試してないのは場所、と時間……？」

でも妖精契約はずっとあの聖堂で行われているんだよな。時間も決まってる。それを動かしたいなら聖堂を爆破でもしないと。

「……いや、そもそも妖精契約についてだ」

前回のループで、妖精契約に関して分かったことは多い。妖精とは、死者の姿形を取って生じること。見えない世界とこの世界を流れる潮流の正常化のために行われるんじゃないかということ。妖精は、古くは地方で「災厄」や「穢《けが》れ」と看做《みな》されていたこと。

「これ……印象的には妖精契約って忌み事だよね」

華やかな部分を引き剝《は》がした妖精契約は、よくないものを貴人が引き取って鎮めるという儀式だ。実際、失敗して国が滅んでるわけなんだけど、じゃあ儀式を行わなかったらどうなるんだろう。

知りたいけど試せないな。確実に駄目なことになるし、駄目なことになると分かってる二年間を過ごすのも辛い。決め手が分からない以上、自分のメンタルをこれ以上損なうことは避けたい。失敗確定の儀式をどう成功させるかを試す方が建設的だ。

「建設的、か」

私たちローズィアは、似て非なる道筋をループしている。本来届かない場所に到達するために、少しずつ先を目指す。私はそのゴール近くを走っていると思っていたけど、本当はまだずっとはじめの方なのかもしれない。

だとしたら私はやっぱり、いつか限界を知って自分からこのループを降りるのかも。

でもだったらなおさら、次の人のためにできるだけのことは残しておかないと。

――駄目だ、気が沈む。沈むと思考が鈍るから嫌だ。

その時、ドアが叩《たた》かれた。父の声がする。

「ローズィア、お見舞いに来られた方がいるんだが」

「………………」

誰かは分かる。ああ、やっぱり外出していればよかった。

私は「少しお待ちを」と返事をすると、机の上のノートをしまってベッドに座る。

外に声をかけると、父ともう一人が入ってきた。彼は私に心配そうな目を向ける。

「具合が悪いと聞いて申し訳ないとは思ったんですが、心配で顔だけでもと思って」

「……お久しぶりですわ」

「僕のことが分かりますか」

そんなことを、彼は言う。

分からないはずがない、さっきぶりの顔を私は見つめる。

「ええ、お会いできて嬉しいです」

もう、彼には何も言わない。

私の大好きな人。大好きだった人。

私を見るその目は、前回の呆《あき》れたような、それでも慈しんでくれた目とは違う。

——人は、何を以《もっ》て同一の人間だとするのか。

私たちローズィアは皆ローズィアで、でも中身は違う。

昨日までのローズィアと私は不連続で、私と真砂も違う。

それをどこで区別するのかといったら、精神と記憶だ。私はこの記憶がある限り咲良でい続けるし……前回の記憶がない彼は、もうあの彼とは違う人だ。

この旅を、私は繰り返していく。

「わたくしも、来年にはネレンディーアの王都に参りたいと思っていますので、またそちらでもお会いできたら嬉しいわ」

泣きたくなるから微笑む。笑顔は仮面で、鎧《よろい》だ。八瀬咲良を隠し通す。

彼の髪色が違うことは幸いだ。「違う」んだとよく分かる。

彼は、私の挨拶《あいさつ》に微苦笑した。

「あなたはあっという間に私の手の届かない淑女になってしまいそうですね。でも、昔と変わらない様子で安心しました。突然来て申し訳ない。これで失礼します」

「ええ、お見舞い感謝いたしますわ」

私は立ち上がると恭しく礼をする。

こうして、私たちは何にもならないまま別れる。

私の愛した人はどこにもいない。誰も彼の代わりにはなれない。

私は私で、やらなければならないことがある。

扉が閉まる。

「さよなら、ユール」

零《こぼ》れなかった涙をのみこんで。

さあ、ここからは次の回だ。

振り返らない。同じに見えて同じ道を辿《たど》らない。戻らない。

だから、次に向かうべきは、王都にある大図書館だ。

——妖精契約が生まれる以前のことを調べたい。


乗合馬車で王都までは三日かかった。

お父さんは「一人で王都なんて！」って最後まで心配してたけど、大丈夫大丈夫。

魔力持ちを探して転送も考えたけど、多分この二年間急ぎ過ぎることはそんなに意味がないんだ。一回目と二回目は私の名を売ることに注力していたけど、名を上げ過ぎても余計なフラグを立てちゃう。だから、動くのは最低限でだ。

ユールの儀式王の件も裏から手を打つつもりだけど、あくまで秘密裏に遠隔でって感じでのつもり。前回は本当に失敗した。あれは悪い例として生涯戒めにしたい。

「ありがとうございます、姫様！　精一杯頑張らせて頂きます！」

「こちらこそよろしくお願いするわ」

王都に到着した私は、宿を確保するとまずミゼルにドレスを一着頼む。名を上げ過ぎたくはないといっても、表舞台に出るチャンスは逃したくないし、そのためにドレスは必要。それに、今の段階で大きな仕事を発注しておけば、前回忙殺されてたっていう下職のラッシュも受けなくてよくなるだろうし。

それはそれとして図書館だ。前回も前々回も妖精契約や妖精について調べたけど、今度調べるのはもっと昔の時代。つまり「妖精契約がなかった頃には何が起きていたか」を過去の事例から調べようってことだ。

「よし、やるぞ！」

父が用意してくれた紹介状で、大図書館への入館資格を取る。

今までにも何度か足を踏み入れたそこは、とんでもなく広い。入口正面には大階段があって、階段の上は五階までの巨大な吹き抜けになってる。中央ホールは壁一面がフロアごとに全部本棚になっていて、そこから更に専門ごとの別の部屋へも行ける。古い大学図書館を思わせる圧巻な眺めなんだ。初めて足を踏み入れた時は途方にくれたけど、今回は大体あたりがついてる。七百年以上昔の歴史資料だ。

「頼むからちゃんと残っててよね」

階段を行きながらぽつりと呟《つぶや》いちゃったのが聞こえたのか、近くの本棚にいた白いローブの女性がこっちを見た。ごめんなさい。会釈しながら通り過ぎる。

「って、あれ!?」

今のって修道服じゃなかった⁉　まさか聖女ノナ⁉

私はあわてて戻ってみたけど、確かにいたはずの女性はいない。近くの本棚にもどこにもいない。一瞬で戻ったはずなのになんで……？

本当にノナだったら惜しいことをしたけど、いつまでも彼女だけを探し回ってるわけにもいかない。

私は捜索を諦《あきら》めると中央ホールを通り過ぎて目的の区画へ。途中で椅子を持って歴史資料の棚へ。この辺りの本は全部鎖がついてるから、棚板に備え付けのランプを灯《とも》し、本棚の前に椅子を置いて読み始める。

読む。本を読む。閉館時間まで読みこむ。

そんなことを三日間繰り返して摑《つか》んだこと。それは――

「ミゼル、知ってる？　この国、昔は感染症でたくさんの死者が出ていたの」

「感染症？　なんのですか？」

仮縫いのドレスに針を打ちながら、ミゼルは聞き返す。下職ばかりだった彼女にとって、一から自分の裁量でドレスを仕立てられるというのは楽しくて仕方ないらしい。大量に出されたデザイン画と布地案から私が選ぶと、ものすごい勢いで製作を始めた。

そんな忙しそうな彼女に、私は思考を整理するために話をする。

「主な症状は肺機能の低下。悪化すると喀血《かっけつ》。発病から一カ月くらいで死に至るわ」

「え、こわいんですが」

「伝染病ということになってるけど感染経路は不明。一つの村が全滅することもあったし、同じ家族でかかった人間もかからなかった人間もいる。原因も治療法も分からないから発症したら助からない。……そういう感染症が、妖精《ようせい》契約が始まる前はあったのよ」

今までは「妖精」や「妖精契約」に絞って調べていたから出てこなかった。

でも妖精契約が世界構造上仕方ないものだとしたら、その前には別のものが噴出してたんじゃないだろうか。おそらくそれが、この謎の感染症。

「妖精契約ができる前ってずっと昔ですよね。そんな頃に伝染病があったらすごく困ったんじゃないですか？」

「困ったんだと思うわ。ただこの伝染病、どうやらみんな同時に発症して、発症した患者が亡くなったら終息するっていうおかしな形だったみたいなの。だから人々は、天災みたいなものとして通り過ぎるのを待っていた……」

おそらく本当は「伝染病」ですらなかったんだと思う。実際これを「呪い」として記録していた村もあった。

「周期は百年から二百年に一度。その時に亡くなる人数はまちまち。多い時もあれば少ない時もあったわ」

この周期、妖精契約の周期とほぼ同様だ。つまり妖精契約は、この伝染病発生を防ぐためにできた儀式なんじゃ、というのが私の推測だ。

裾《すそ》に針を打っていたミゼルが顔を上げる。

「はあ恐いですね。そんな事情でしたら、別の国に移れる人は移ってしまいそうですね」

「……確かにそうね」

あれ、今何かが引っかかった。何にっていうか、ほら、あれ、違和感がここまで出てきているのに、えい、もうちょっと。そう、ほら。

「世界の流れの問題なら……ネレンディーアだけ、なんてこと、あるのかしら」

そりゃここが淀《よど》んでる土地ならここでしか起きない、っていう可能性はあるんだけど、もしそうじゃないなら。たとえばそれは――

「って、それだ！」

「ひゃあ！　ど、どうなさいました!?」

「ロンストンよ！　ロンストンの儀式王！」

「ロンストンが一体……」

ネレンディーアが妖精契約で伝染病を防いでいるように、もしかしたらロンストンの方は王を差し出すことによって淀みを解消してるんじゃないだろうか。十四代ごとに変死する王が、ロンストンでは妖精契約に相当していて、だとしたらユールは。

「……あ、の時」

私は、目の前で息を引き取った彼のことを思い出す。

真っ赤な鮮血を吐いた彼。その血には気泡が混ざっていた。もっと言うと、その前から左手に血がべったりついていたんだ。当時の私はあれを、腹の傷を押さえたためかと思っていたけど、口元にも血がついていた。

気泡混じりの血は、肺からの血だ。あれは吐血ではなく――喀血だった。

つまりあの時の彼はもう、刺されなくても死に瀕《ひん》していて。

だからこそ彼は、あんな凶行を決断したのかもしれない。

「……なんでそんなこと、黙って」

一緒の屋敷に住んでいたのに、発症からあの日まで彼は私にそのことを悟らせなかった。おそらく、私がそれを知ったら困るだろうと思って。最後まで気取らせなかった。

「一体どこまで――」

私は馬鹿なのか。

目の前のあわただしさに気を取られて、彼のそんな異状にも気づけなかった。自分のすることしか見てなかったんだ。どこまで彼に甘えていたのか。すごく……目の前の窓から飛び降りたくなる。二階だけど。あ、やばい。凹《へこ》むな。鈍るから。

「ちょっと、一旦《いったん》、整理したいわ」

「はい、どういたしましょう」

「いえ、あなたはいいの。いつもいい仕事をしてくれてありがとう」

ミゼルを壁打ち相手にしてるの申し訳ないな。というわけで続きは後で。

宿の部屋から彼女が帰って一人きりになると、私はノートに追加で推測を書き出す。

もしロンストンの儀式王が妖精契約と同じ原因で起きているのだとしたら、私はあっちも何とかしないといけない。ただ周期的にはロンストンの方がずっと間隔が大きいから、向こうの方が淀みにくいのかな。妖精契約が妖精の出現によって行われるのに対し、ロンストンは自主的に儀式王を出しているからっていうのもありそう。実際、ユールの即位が延期された周回ではユールが生きていた回もあったわけだし。いや、発症してても真砂や私が気づかなかっただけ？

でも、この仮説が合っているとしたら――

「か、解決策が見つからない……」

災害を防ぐために目に見えない淀みを解消しないといけないけど、目に見えないものをどうやって解決しろっていうんだ。一介の令嬢に何とかできる域を超えてない？　公共事業ならせめて目に見える感じになって欲しい。

「……専門家の意見が欲しい」

昔は別の解決策があったのかと期待したけど、昔は人が大量死してたって分かっただけだ。これは専門家が要る。魔女アシーライラか、聖女ノナか……。

接触しやすいのはアシーライラの方だ。

「よし」

外は夕暮れだ。私は手早く着替えて町娘に近い格好へ。

そして街に出る。王都には、アシーライラが行きつけにしている薬草屋があるんだ。

前回ユールはそこで彼女を捕まえた。でも私は一切アシーライラにはその店の話をしていない。話題に出して万が一という時、彼女に店の使用を避けられたら捕まえにくくなって困るからだ。と言っても、二年間がリセットされたから無駄な用心だったけど。

——前回の妖精契約の日、アシーライラはどうして呼び出せなかったのか。
彼女も彼女で危険な目にあったり、のっぴきならない事情があったんだろうか。
そんなことを考えながら、私は王都の通りを行き、小さな店が立ち並ぶ小道へ入る。
地下にある薬草屋へ下る階段は、分かりにくい建物と建物の間にある。そこに体を滑りこませて、階段を下りようとして——

「っ、アシーライラ！」

今まさに、ドアを開けようとしているローブ姿の魔女を見つけた。名前を呼ばれたアシーライラはびくっと飛び上がる。そして振り返ると、目をすがめて私を見た。

「何の御用かな、お嬢さん」

「……あなたに相談があるの。報酬はお支払いするから知識を貸してくれないかしら」

この格好じゃ「報酬は払う」って説得力ないかな。治安があまりいい地域じゃないから最低限の格好で来たけど、なんか身分を保証するものを持ってくればよかった。

ここでアシーライラを逃がせば、次に接触するのは難しくなる。内心の緊張を噛《か》み殺している私に、魔女はあっさり笑った。

「いいよ。ここじゃ何だから、私の庵《いおり》に来るといい」

彼女は自分のローブを広げる。さっと辺りの景色が変わる。

やった、と内心喜ぶ間に、私は見慣れた魔女の庵に立っていた。

「適当に座るといい。ああ、危ないものが多いから気を付けてね」

聞き覚えのある挨拶《あいさつ》だ。私は椅子を引きながら庵の中を見回す。

瓶ばかりが置かれた本棚。散らかった部屋。物で溢《あふ》れた机。窓の外からはいつも夕焼けの荒野が見えている。不思議な場所だ。

私は壁に貼られた大きな紙を見る。そこには七割ほど日経平均株価らしきものが書かれていて――

「……アシーライラ」

「なんだい？　今、お茶を淹《い》れよう」

「あなた、前の記憶があるでしょう」

私の問いに。

魔女は一瞬目を見開くと……にぃっと笑う。それは肯定と同じだ。

アシーライラは前回の記憶を保持している。

そんなことここに来るまで考えてもいなかった。でも、壁のグラフを見てすぐに気付いた。以前よりもグラフの記述が進んでいる。前にこの庵に入ったのはもっと後の時点だったにもかかわらずにだ。彼女はその時グラフについて「長い時間がかかる実験の記録だ」と言っていた。それが進んでいるなんてこと、普通はありえない。彼女は前回からの記憶を持ちこして、書き足しているんだ。

　アシーライラは、悪い笑顔を見せる。

「ということは、君もそうなのかい？」

「あいにくとそうね。魔法を使うと周回の記憶を保持できるとかあるの？」

　前回は全然気づかなかった。疑いもしてなかった。真砂の時は蒸発してたりしたアシーライラだけど、まさかずっと記憶があったんだろうか。

　アシーライラは止めていた手を動かして、お茶を淹れ始める。

「なんだ、君は知らないのかい。天然の性質かな。ああでも今代の妖精《ようせい》姫と幼馴染《おさななじみ》だと言ってたね。だからか、気の毒に。それで妖精契約を調べてたんだね」

「ちょっと待って。ついていけてないんだけど」

　自己完結しないでちゃんと会話して欲しい。私がそう頼むと、アシーライラは「ごめんね」と舌を出した。はいはいかわいいかわいい。

「まず、私が記憶を保持しているのは魔法のせいじゃないよ。君はこの周回が、妖精姫によって行われていることは知ってるよね？」

「え」

「おや、それも知らなかったのか」

　知らない。というか、私が死ぬと戻るんだと思ってた。

「……それってティティがこの二年間をループさせてるってこと？　そんな素振り全然ないのに？」

「彼女がループさせてるのは事実だね。ただ彼女自身には自覚も記憶もないと思うよ。毎回妖精契約の失敗で動転して時間を戻しているんだろう。妖精は時間の制約がない世界から来た存在だから、全力を振り絞ればそれくらいできる」

「……ティティが」

そんなこと、考えてもみなかった。いつもあの赤黒い柱はティティの前に現れてたから、ティティは真っ先にのまれちゃうんだと思いこんでいた。

でも本当は違って、ティティはあの柱を見たことで、時間を巻き戻していた。

それは結局、悲劇的な終わりなのかもしれないけど……でもちょっとだけ救いがあるって思うのは私だけだろうか。ティティはあの柱の中でバラバラになっていなかったし、あの惨状を何とかしようと頑張っていた。ティティ自身に記憶はなくても、私は彼女の願いを受けて二年前に戻されてたんだ。それなら……なおさら頑張らないと。

アシーライラは私の前にお茶のカップを置く。

「妖精の力で時間が戻っているからね。同じ妖精の力で記憶の白紙化を免れられるんだ」

「……心当たりがないけれど」

ローズィアは聖堂にいなくても記憶を持って巻き戻るんだ。ティティが直接何かをしてくれたって感じじゃない気がする。

けどそう言うと、アシーライラは棚から一本の透明な瓶を持って来た。

確か前回で魔女の庵に来た時にはなかった瓶だ。その中に入っているのは——

「羽？」

「妖精の羽だよ」

薄青い、透き通る羽。形的には蜻蛉《とんぼ》のものに近いかも。十五センチくらいの長さの小さな羽は、角度によって色が変わって見える。まるでオーロラみたいだ。まじまじと見つめる私に、アシーライラが笑った。

「どうしたんだい。君も見たことあるだろう？　妖精姫が幼少期に生やしている羽だ」

「あ、え、ええ」

アシーライラはローズィアの中身が違うとは気づいてないのか。危ない危ない。

「この羽を食べると、時間が巻き戻っても記憶は消されない。私のこれは昔の妖精姫のものを以前買ったんだけど、君は幼少期にティティリアシャからもらったんだろう？」

「そう、ね」

いやちょっと初耳。オリジナルローズィアのことがますます分からなくなった。

でも山で徘徊《はいかい》してて熊に間違われるくらいなら、幼馴染の背中の羽をもらって食べたりするのか……？　その辺の花をむしって蜜《みつ》を吸うみたいな感じなんだろうか。

「君のその様子だと、ひょっとして妖精契約の失敗はかなりの回数起きているのかな」

「そう、ね。あなたはそんなに繰り返してないの？」

「この羽をたまたま買って飲んで六回目かな。最初は驚いたけど、興奮したよ。まさか二年前に戻るとはね。この庵は時間の流れが違う。外の二年の何十倍もの意味があるんだよ。実験で失敗して失った素材も戻ってきたしね」

あー、魔女からするとそんな感じなのか。よかったね……こっちはよくないけど。

でもおかげで話が早い。前の続きで協力が頼める。

「あなたが前のアシーライラと同じだというなら相談なのだけど、前回も妖精契約は失敗に終わったわ。ロンストンの方のユールも肺病を発症してた。妖精国側の淀《よど》みの解消を別の手段で行わないといけないの。何か案はないかしら」

これに関してはそっち系の知識がある人に頼らないと駄目だと思っていた。正直、アシーライラが捕まってよかった。

私の質問にアシーライラはきょとんとする。

「え、教えないよ？」

「え？」

あまりにナチュラルに言われたから、一瞬思考停止してしまった。

私は動揺しかけて、心を立て直す。

「教えてもらうための条件は何かしら。できる限りのことはするわ」

「いや、だから教えないよ？　同じ二年間を過ごすなんて最高の環境だよ。時間が足りないと思ってた実験もできる。記録が消えても、私自身には記憶が残るからね」

「え、ちょっと待ってちょっと待って」

私はもう一度壁に貼られたグラフを見る。それは確かに進んでいる。前回の時よりも。

「つまり、あなたはこのループを続けたいってこと？」

「そうなるね」

「だから、前回妖精契約の時に私が呼んでも来なかった？」

私の問いに、アシーライラは答える代わりにニッと笑う。

魔女の笑顔。それは人の理解を拒むものだ。

もう可愛いとは思えない。彼女の望みは、私の目的と反している。

これは、まずい。

私は強張《こわば》った手でお茶のカップを置く。アシーライラが王城に閉じこめられた私の呼びかけを無視したのは、妖精契約を成功させたくなかったからだ。彼女は私の目的に協力する気がない。

――いや、まだだ。粘ってみないと。

「条件次第でループ中止に手を貸してもいいということはない？」

「ないね。時間は貴重だ。お金よりもね」

きっぱりとした答え。

駄目だ。

アシーライラは障害になる。それも、周回を持ちこしても消えない最悪の障害だ。

思わず立ち上がった私を、アシーライラは顔を斜めにして見上げた。

「どうしたんだい？　君も楽しめばいい。永遠に若く美しいままいられる」

「……今日《きょう》び御伽噺《おとぎばなし》でも聞かない言葉ね。私は友達を助けたいの」

「妖精姫を？　元婚約者くんを？　彼らの破滅はほんの一瞬だ。時間が戻ればまた幸せな二年間を過ごせる」

「それを知ってる私が幸せじゃないの」

今のこの状況は、崖《がけ》っぷちもいいところだ。

魔女の庵《いおり》の出入口は、アシーライラにしか作れない。ここに閉じこめられたら詰むけど、アシーライラも自分の研究室にいつまでも他人がいるのは嫌だろう。

圧倒的不利な立場で、私は慎重に、焦りや緊張を見せないように言う。

「残念ね。なら私は私で調べものをしていくことにするわ。ああ、妖精契約に関係ない頼み事ならまたお願いしてもいいかしら」

自然に、相手を警戒させないように。

アシーライラは、真意を探る目で私をじっと見てきた。値踏みをする目は上からのものだ。力のない人間に対する侮りの目。腹立たしいけど今は侮ってくれた方がいい。

やがて、アシーライラはふっと私から視線を逸《そ》らすと笑った。

「君がそれでいいなら構わないよ。肝心なところは手伝えなくてごめんね」

「仕方がないわ」

私はスカートをさばいて座り直すと、カップを手に取って口に運ぶ。

その動作に、アシーライラの注意が一瞬緩んだ。

チャンスは一度きりだ。

手を伸ばす。

カップが落ちるより先に、私はテーブルの上の瓶を取った。

瓶を開ける。

中の羽を摑《つか》む。

「君、何を……!」

アシーライラが叫んだ時には、青い薄羽は私の喉《のど》を通って溶けていた。

体の中が一瞬ふわっと熱くなり、けれどその熱もすぐに引く。

緊張で、汗が遅れてどっと噴き出す。

視線を落とすと、魔女は呆然《ぼうぜん》と、信じられないものを見る目で私を見ていた。

「……よくも、やってくれたね」

「これであなたはもう、次に記憶を持ちこせないわ」

テーブルに落としたカップからは、お茶が広がっていく。

私はカップの持ち手を摘まんで戻した。膝《ひざ》の上に熱い滴がしたたってくるが、気にならない。もっと怖いものが目の前にいる。

「魔女の庵でずいぶん命知らずだよ」

「そうね。でも私を助けて妖精《ようせい》契約を成功させてくれたら、少なくともあなたが今持っている記憶は未来へ持ち越せるわ。今が六回目のループなら、五回分で十年の記憶ね」

アシーライラはさっき瓶を見せながら「この羽を飲んで記憶を保持できるようになった」と言った。つまりそれは、今の周回ではまだ羽を飲んでないってことだ。前回魔女の庵を訪ねた時に瓶がなかったのは、あの時はもう羽を飲んでいたからだろう。

アシーライラは周回が始まると、適度なところでこの羽を飲んで次の周回に備えていた。それがなくなった今、次に彼女が戻るのは周回の記憶を全て失った自分のところだ。けど今回妖精契約が成功すれば、少なくとも今持ってる記憶は失わないで済む。

「騙《だま》し討ちのような真似をしてごめんなさいね。でも私も後がないの」

「……君にはいくらでも時間があるはずだ」

「何度も繰り返したいわけじゃないの。この周回に至るために命を懸けているわ」

アシーライラは私を睨《にら》む。

その視線に恐怖を覚えながら、けど面には出さない。ここでは退けない。

たとえ殺されても、アシーライラにこれ以上記憶を引き継がさせてはいけなかった。だからこれが最善だ。妖精の羽がなくなった以上、次の周回にアシーライラがこれを飲む可能性は格段に減った。毎回私がこのタイミングで駆けつけて奪えば済むだけだ。

その度ごとに、私は殺されてしまうのかもしれないけど。

でもアシーライラは利害で動く人間だから。まるっきり可能性のない賭けではないと思っている。

お互いに見つめ合ったまま、十数秒が経過する。

背中を汗が伝っていく。

アシーライラは不意に、ふっと笑った。

「したたかだね。確かに、君に与《くみ》して今の記憶を保持した方が、マシと言えばマシだ」

「なら……」

「でも、だからといって何の咎《とが》めもなく君の手は取れないな」

ぱちん、と。

アシーライラが指を弾《はじ》く。次の瞬間私は、何もない夕焼けの荒野に放り出された。

「っ……!?」

辺りを見回しても、見えるのは草木もない地平線ばかりだ。

アシーライラの声だけが聞こえる。

「少しはそこで思い知るといい。時間の流れが違う場所だ。安心して永劫《えいごう》さまよえる」

「待っ……、アシーライラ！」

「百年経って、それでも君が正気でいたら、その時は手を貸してあげるよ」

皮肉めいた声が消える。私は何もない真っ赤な空の下に立ち尽くす。

背中の汗はいつの間にか冷えきっていた。真っ赤に染まる荒野は見渡す限り何もない。

「ここ、多分魔女の庵から見えてた荒野だよね……」

窓に投影させてるだけの景色と思ったら実在するのか。嘘でしょ。

「百年？　百年って……」

そんなの五十周回分だ。もっとも「時間の流れが違うから安心して」って言うってことは、現実時間はそんなに流れていないんだろうな。今までの逆か。できるなら最初からやって欲しかった。

「さて……とりあえず歩くか」

することもないから動いてみる。

外と違うなら、ここではいくらでも時間が無駄にできる。アシーライラから妖精の羽は取り上げたし、今は最悪というほどのことではない。

どちらの方角に行くかは……おそらく関係ない。

きっとここはアシーライラにしか出入口の作れない空間だろう。そして彼女が私を懲罰としてここに入れたなら、しゃがみこんでいられるよりも歩いている方が溜飲《りゅういん》が下がるはずだ。

「ループを起こしているのはティティで、ローズィアが影響を受けないのは妖精の羽のおかげ、か」

私自身はティティの背中を見たことがない。成長した妖精姫は羽の形の痕《あと》が背中に残ってるらしいけど、普通にしてると人の背中とか見ないし。

でもそれは問題解決には特に関係ない要素に思える。どちらかといえば、ループを引き起こしているのがティティという方が重要だ。

「……ティティと話したいな」

今まで妖精契約についてティティと話したことは何度もある。

でも「この契約は失敗する」って言ったことはなかった。ティティが使命感を持って挑もうとしているのは分かってたから、その集中を削《そ》ぎたくなかった。

ただ……踏みこんで話すべきはやっぱりティティだったのかもしれない。外側で右往左往してる私がこのありさまなわけだし。

歩いても歩いても、景色は変わらない。

真っ赤な空は残照によるもので、太陽も見えない。

ただ体も疲れない。お腹も減らない。この辺りは現実の時間準拠なんだろう。助かる。

私には、時計を見ずに時間を把握する能力はない。

だからただ歩く。疲れもしない体で考える。

※

人にとって「生きる」とはどういうことなのか。

私は他人のそれを聞いたことがない。

ただ自分については「記憶が増える」ことだと思っている。

減らないものが増え続ける。自分の中に積み重なっていく。

その積み重なった量で、私は自分がどれだけ生きてきたのかを測る。

ローズィアは、十六歳から十八歳の二年間だけを生きる。

その間、記憶は積み重なっていくが、年は取った気はしない。

私は私だ。

生きている記憶だけが増えていく。積み重なっていく。

※

八瀬咲良は、二十六年の人生において人と深く付き合うことをしてこなかった。

必要な時に必要な分だけ人と付き合う。仕事で付き合う以上、どの人がどんな話を好むかは調べれば分かる。分からなくても、会って様子を見ていれば察しがつく。だから必要最低限の付き合いをすることは難しくない。

それ以上、というと意欲より面倒くささが勝った。

だって、一線を越えて人と付き合うのは難しい。その人がどんな人間か、踏みこんで知る気は起きない。知らなければ踏みこむ気もない、の堂々巡りだ。

踏みこんで知ってしまって、相手に落胆するのが嫌なのかもしれない。社会においては程度の差こそあれ、大体の人間が型の範囲内に入る程度には善良だ。それは「善良」の定義を最大限緩く取った上でのことだけど、普通に生きていくだけなら大多数の人がお互いに不都合なく付き合っていくことができる。

でも相手に踏みこんで距離の近い付き合いをすれば「お互いに不都合なく」のハードルは高くなる。嬉《うれ》しいことも増えるだろうけど、許せないことも増える。そこまでのコストをつぎこんで人と付き合う能動性を、私は持っていなかったんだろう。

真砂は、彼女から踏みこんでくれた。それが嫌じゃなかった。

この世界に来ることを選べたのは、読者としてティティやユールのことをよく知っていたからだ。一方的に知っていて好感を持った。踏みこんでも大丈夫な相手だと判断した。私が自分の人生を賭けてもいいと、世界に来た最初の時から確証を持てていた。

それは真砂の努力にフリーライドしたずるい確信だ。自分を開示せずに、相手のことだけ知っている。そんな私が彼らの前に立つのだから、せめて幸福な終わりを得るため全力を尽くす。それくらいしかできない。

私が傷つくことがあっても、それは少しも彼らのせいではない。

私は彼らを愛している。

※

どんなに歩いても体は疲労しない。

周囲の景色に変化はない。思考だけが回り続ける。

ずっと同じ方向に歩き続けていれば果てがあるかどうか分かるかと思ったけど、果てはない、気がする。

何も変わらない。せいぜい私が歩いた分だけ生温い空気が動くくらいだ。

それでも私は同じ方向へ歩き続ける。考える。

与えられた断片と、そこから導ける可能性を考える。

思考を止めないように、思考が止まらないように。

何も考えないなんてもったいない。

時間の制約がないならあらゆる可能性を思考してみるべきだ。

そして歩みを止めてはならない。長丁場になるならなおさらだ。

自分を見失わないように思考し続けなければならない。

だから私は考える。

妖精《ようせい》契約とは、妖精とは何か。

ロンストンの儀式王とは。

世界の潮流とは。

情報はたくさんある。私には揃っているはずなんだ。調べられることと、バッドエンドのパターンのどちらも私は知っている。真砂とユールのおかげだ。

「これなら辿《たど》りつける、はず」

自分はこのはてしない挑戦の半ばを構成する一人かもしれないと自信喪失していたけど、そうじゃない。おそらく幸運だ。アシーライラの真実を引き出せたことも。

今歩いている場所には全然ゴールが見えないどころかないけれど、それはそれとして。考えなければ。物語の終わりに辿りつくために。生きていることを忘れないように。

私は思考を回し続けながらただ愚直に歩いていく。ずっとずっとずっと。

時折後ろを振り返ってみても足跡は残っていない。地面は硬く空は赤いままだ。

時間がどれだけ経ったのか。そんなことを考えるのは無意味だ。

全てはアシーライラの裁量だ。

ただ体が疲労しないから、長く歩いているように感じても現実時間は大して過ぎていないんだろう。なら妖精契約の日に遅れなくて済む。

思考する。私の主観内でのみ時間は過ぎていく。同じ景色のままに。

「あ、あー」

たまに声を出す。声の出し方を忘れそうになるから。

腕を上げて伸ばしてみる。足は止めない。

どこでもない果てのない赤い大地を私は歩く。回遊魚のように。

思考は雨だれだ。ばらばらに落ちていく。

関係がない複数のことを私は同時に考える。

頭の中を流れる言葉は、徐々に単語だけになっていく。

私は思考を言葉で行うけれど、決まりきった言葉を使っていては決まりきったものしか出てこない。受け取れない。

もっと自由に。自分の作る枠に縛られないように。或《あ》るいは原初に。

この荒野は何なのか。肉体は実際のもの？　アシーライラは私を許す気はあるんだろうか。ないならどうすれば？　自殺はできない。私は何としても帰らなければ。帰れる？考えない方がいい。違う。考えないと。生温い空気。沈殿した。ティティが言っていた。使命。妖精の羽が売られていた。時間の流れが違う。肺病。ネレンディーアの伝染病とユールの死病は症状が同じだ。他の国も調べたら同様のものが出てくるだろう。あの肖像画。ティティは使命を感じている。誰かに託されたから。ティティを送り出した意思。彼の血が。誰かに会いたい。無限の空間なんて存在するのか。話をしたい。脳だけが動いている？　私の肉体は？　ローズィアのループ。穢《けが》れを祓《はら》うということ。継承。時間の流れがおかしい。ここでは当たり前だ。記憶は失われる。失わない人間もいる。妖精の羽があれば。なら他にもいる？　妖精の羽は二対のはず。わたしを大事にしてくれたひと。ずっと昔のことに思える。ただいとしい。振り返らない。助けを期待しない。助けられるのは自分だけだ。考える。いつまで。いつまで。歩いていく。潮流とは？　妖精の国は実在する。目に見えないだけ。およぐように進む。歩かなければ。もう一度あなたに。続いていく。同じ場所を回っているのかも。わたしも戻ってくる。ちがう。もどってくるのはローズィアのからだだけ。わたしは戻れないのかもしれない。だとしたらわたしは、あなたを大切にしてくれるだれかを選ばなければ。ちがう。まだわたしは。

言えばよかったなんて後悔は、幼いものだった。

少なくとも私には次の機会も与えられている。


「——君は、強情だね」

その声を、最初は幻聴だと思った。

だから歩みを止めなかった。

少しして目の前に人影が現れる。ローブをかぶったそれは懐かしい魔女のものだ。

「あ、し、ぃら？」

あ、駄目だ。うまく声が出ない。時々出してたつもりだったんだけど、時間の感覚がなかったから思ったより錆付《さびつ》いていたみたいだ。何度か咳払《せきばら》いをして声を出してみる。

喉《のど》の調子を確かめる。

アシーライラは足を止めた私を、顔を斜めにして見上げる。

「今、君の主観でどれだけ時間が経ったか分かる？」

私は考える。正直、全然分からない。分からないから適当に言った。

「一年くらい？」

「君は馬鹿なの？　あと九十九年追加してあげようか？」

「本当に分からない。ごめんなさい」

「百二十六年だよ」

「そっか」

そんなに経ってたのか、気づかなかった。

どこかぼんやりと答える私に、アシーライラは呆《あき》れ顔になる。

「気持ち悪いね、君。それとももう正気じゃない？」

「自分じゃ分からない。普通だと思うけど」

私は右手で自分の頭を押さえる。

「私は、時間の経過を記憶の増量で認識してる。ここは記憶が増えないから、時間がどれくらい過ぎたか分からない」

ここにいる限り私には何も増えない。ただ在るものを回し続けているだけだ。だから、そんなに時間が経ったのかとも思うし、アシーライラの嘘かもしれないと思う。

どちらでも構わない。全ては魔女の気まぐれ次第で、私はそれに従うしかない。

「私は、君の泣き喚《わめ》いて取り乱す無様な姿が見たかったんだよ」

「あんまりしないかも。自分のことでは」

「ただ流石に、ちょっと前の君とは感じが違うね」

感じが違う？　そうかな。

自分が剝《む》き出しになってるのかもしれない。ずっと考え事だけをしてたから。

「さて、君には今の窮地を脱する方策はある？」

「特には。あなた次第」

「何それ。じゃあ何を考えてたの」

「妖精のこととか、いろいろ」

「何か思いついた？」

「妖精国は、死者の国のことだと思う」

私が持っている断片から導いた仮説がそれだ。

目に見えないもう一つの世界には淀《よど》みが生まれ、そこから妖精姫が人間の世界に生まれ落ちる。ティティは誰かに「行ってきて欲しい」と託され生まれ落ちた。それはもしかして、死者であるジェイド殿下の祖母だったんじゃないだろうか。だからティティは彼女の姿になった。妖精姫は死者の願いで送り出された。

他にもロンストンの王の呪いは、積み重なった死者の念によるものと言われているし、ネレンディーアでは妖精契約が行われない時には、謎の肺病で決まった数の人間が死ぬ。

これらから察することは「妖精の国は、いわゆる死者の国ではないか」ということだ。

生きている人間の世界と表裏一体になっている死者の国。そのバランスが崩れそうになると人間の世界に影響が出る。だから影響を最小限に抑えるために、妖精契約や儀式はある。――私がこの仮説をたどたどしく説明すると、アシーライラはニッと笑った。

「さすがに百二十六年もあれば素人でも行きつくか。正解だよ。死者の魂が流れているのが妖精国だ。時間の流れ方も空間も人間の世界とは違う。外周は特にそうだよ。例の潮流があって人間世界と繋《つな》がって流れているから、真っ直ぐ進んだと思っても逆だったりする。ここはその安全な一部を間借りして作ってるんだよ」

「え」

私はさすがに驚いて真っ赤な大地を見回す。今まで妖精《ようせい》国なんて目に見えない世界をどうこうするなんて難しいって思ってたけど、まさか自分が百年間も目にすることになるとは思わなかった。でも見えてもどうしようもないんだけど。どうしよう。

「どうすればいい？」

「さあ？　私には分からないよ。もともと妖精契約なんてその場しのぎの綱渡りだ。淀んだ池の一番淀んでいる部分に穴を開けて水を抜こうっていうんだからね。失敗するのも無理はない」

淀んだ池。なるほどそういう感じなのか。

新しい記憶を得てまた考えこむ私へ、アシーライラは手を伸ばす。

「分からないけど、君をここに置いていても別に面白くないことは分かったよ」

「じゃあ、」

「協力はしない。でも、君が成功することを祈ってるよ。——私の、五百年分の記憶のためにね」

顔に突風が吹きつける。突然のことに、私は腕で顔を庇《かば》う。

久しぶりに味わう風にまごついている間に、いつの間にか私の意識は遠くなっていた。

※

どこまでも歩いていく。

果てのない赤い大地の上を、己の思考だけ回しながら。

歩いていく。歩き続けていく。

いつ終わるともしれない時間を一人。

ああ、次にあなたに会う時、私は私でいられるだろうか。


「——っあ！」

天井が見える。赤くない。天蓋《てんがい》でもない。

ベッドに寝かされている。どこ。見覚えない。わたし。

「あ、あ、」

声がひとりでに漏れる。喉を押さえる。止まらない。

「あ、あああ、ああ！」

がくがくと手足が震え出す。涙が零《こぼ》れる。

自分の体が言うことを聞かない。思考と体が乖離《かいり》してしまったみたいに。

私は、私は、わたしはわたしは、

「——ローズィア！」

ドアが開く。

ああああ、ああああ、
駆けこんで来たひとに、よく知るそのひとに、わたしはすがるように手をのばす。

彼は一瞬おどろいて、でもわたしにあゆみよると、のばした手ごと抱き取ってくれる。

背中をそっと支えて、やさしい声が聞く。

「ローズィア、僕が分かりますか」

「わか、る」

あなたのことを考えた。考えていた。

次に会えたならきっと。

「あなたを、あいしている」

その目を、まっすぐにみつめる。

彼が大きく目をみはる。その目を見て、逸《そ》らさない。

次に会えたなら、必ず言おうとおもっていた。

前のわたしはおくびょうで、じぶんの感情を見ないようにしていた。一方的に守っていれば、大事にしているのと同じだと思っていた。

いつか妖精契約がぶじ終わったら、ちゃんと考えようだなんて。

彼が毎回同じでも、一緒にすごした彼はその時しかいないのに。いつ失われるかも、わからない記憶だったのに。どうしてそんなことがわかってなかったのか。

わたしは、彼をあいしている。

今言っても遅いだろうけど。それでもわたしのこの感情は本当だから。

歩みを止めないこの道は、後悔を拾い上げて進む旅だ。

だから、ごめんね。助けられなくて。何にも気づけなくて。

そんなことさえ百年以上もかけないと言えないなんて、
ああ、わたし、あるかないと。歩く。あるきつづける。てばなさないように。

「ごめ、ん、ユール」

「……大丈夫ですよ」

彼の手が、ゆっくりと頭を撫《な》でる。

彼にはもう前の記憶はないはずなのに、やさしく。ただやさしく。

「ご、めんなさい」

「大丈夫です。もう安全ですから、眠っていていいんですよ」

「あるかなくて、も？」

「いいです。ほら、横になって」

彼の手が、私を寝かしつける。その顔を見上げる。

彼は、だいじょうぶだと言い聞かせるようにうなずいた。

ほっとする。やすんでもいいんだって。

本当に？

でも、彼がいうなら。彼がいてくれるなら。

ねむってもいいのかも。すこしだけ。

これが夢なら、次に起きた時にはちゃんとしないと。

ちゃんと、歩いて、考えないと。

でも、うん。

あなたの顔が、みられてよかった。

これでわたしは、また次の朝を歩き出せる。

※

次に目が覚めた時、私がいたのはやっぱり知らない部屋だった。

「ん、うーん？」

ベッドの上に起き上がって伸びをする。ずいぶん長い間、眠ってしまった気がする。

おかげで今の状況が不明だ。

「体は、平気。記憶はなんか……何これ」

ずっとどこでもない赤い荒野を歩いていた記憶がある。アシーライラを怒らせたせいだ。この記憶は膨大だけど、代わり映えがなさ過ぎて時間の経過がよく分からない。

その後は……なんか浅い夢みたいな記憶が少しだけある。ユールに「大丈夫だから」と寝かしつけられた記憶だ。何だろうこれ。脳内麻薬の見せた幻かも。

私は軽く頭を振ってベッドから降りる。あ、足に違和感が。歩きすぎて強張《こわば》ってるみたいな。あの赤い荒野で歩いていたのって、やっぱり私の本当の肉体？

私がいる部屋はもともと泊まっていた宿屋じゃないし、壁や床、ベッドの質の良さを見るだに広くはないけどちゃんとしたお屋敷の一室だ。え、やだな。誰の屋敷だろう。

そんなことを考えながら、歩幅を狭くしてちょこちょことドアにまで行きついた時、ドアは向こうから開かれた。

水桶《みずおけ》を持った侍女とユール。ドアの先にいた二人を見て、私は目を丸くする。

「あれ……ユール？」

「起き上がって大丈夫なのですか」

「大丈夫、だわ。何がどうなっているか分からない、のだけれど」

ローズィアがどう喋《しゃべ》っていたか思い出すまで一瞬タイムラグがあった。危ない危ない。

まだぼうっとする頭を押さえる私に、ユールは言う。

「あなたは王都で半年行方不明になっていたのですよ」

「は、半年⁉」

アシーライラめ！「安心して永劫《えいごう》さまよえ」じゃないよ。半年以上経ってるじゃん。

とんだ神隠しだ。呆然《ぼうぜん》とする私を見て、ユールは苦笑する。

「詳しいことはあなたが落ち着いてから話しましょうか。ここは僕が借りている屋敷ですから、少しゆっくりするといいですよ」

ユールは侍女に目配《めくば》せすると出て行く。寝起きの私に身支度をする時間をあげようってことだろう。去っていく彼の背に私はあわてて声をかけた。

「ありがとう！　ごめんなさい！」

「お気になさらず」

穏やかな声音は、彼のいつものものだ。

――ああ、私はちゃんと帰ってきたんだ。

その実感が胸を熱くさせて、私は潤みそうになる目を閉じた。


それから私は、お風呂《ふろ》に入らせてもらってスープとパンを食べた。正直それだけでどっと疲労が押し寄せてきたけど、何とか話すくらいの気力は残った。入れてもらった白湯《さゆ》のカップを手に、私も小さな応接間でユールと向かい合う。

「そんなに時間が経っていたとは思わなかった。魔女に出会って彼女の庵《いおり》に閉じこめられてたの」

「……さすがに予想外な話ですね」

ユールの方の話では、私が行方不明になったことにミゼルが気づいて、父のところに話がいって、それを知ってユールが父から頼まれて王都で捜索していたらしい。曲がりなりにも貴族令嬢だから名誉を慮《おもんぱか》って秘密裏に。私が消えた時は町娘の格好をして宿を抜け出してたから目撃情報も何もなくて、捜索は難航を極めたそうだ。

それが先日ようやく路上に倒れてる私が見つかって、ユールが急いで回収してそこから三日眠っていた、という話。

「アシーライラは『現実世界の時間は大して経たない』みたいな口ぶりだったから油断してて……ごめんなさい。あなたにまで迷惑をかけてしまうとは思わなかったわ」

「大したことはしていませんよ」

って言われても、王都で屋敷を借り上げてるってただの旅の歴史家じゃできないことだから、ロンストンに許可を取って身分開示と資産の凍結解除をしたんだろうなっていうのは分かる。ユールの即位まで半年もないわけだから、当然と言えば当然なのかもしれないけど、その後押しをしてしまったみたいで申し訳ない。今の彼からすると、ローズィアはただ昔一緒だっただけの幼馴染《おさななじみ》のはずだから、本当に……優しい人なんだな。

ユールは私をちらっと見る。

「それで、どうして魔女の怒りなんかを買ったんですか」

「ネレンディーアの妖精《ようせい》契約とロンストンの儀式王をなんとかできないかと思って。助言をもらいにいったの」

あ、ユールがお茶噴いた。そうだよね、儀式王のこと私は知らないはずだもんね。

「な、なんでそんなことをあなたが……」

「私の大事な人を世界の贄《にえ》にしたくないのよ」

この二つは同じ原因で動いているんだ。そしてどちらも私の大事な人を犠牲に終わる。

ユールは、それを聞いてなんだかとっても微妙な表情になった。気まずそうな、困惑の目が私を見る。

「……あなたは」

「はい」

「一度目を覚ました時、僕に何を言ったか覚えていますか」

あ、そこに触れるんだ。ってことは、あれは夢じゃなかったのか。

気まずそうな顔をされるのは仕方ない。けど誤魔化《ごまか》す気もない。私は彼を正面から見つめる。

「覚えているわ。本当のことよ」

「……何故？」

「私があなたのことを一方的に知っていて一方的に好意を持っているだけ。あなたに何かしてもらいたいわけじゃないから安心して。物理的に追いかけてこないあなたのストーカーとでも思ってくれればいいわ」

「恐ろしいことを自分で言い出さないでください」

ドン引かれているけど、その程度大したことはない。ここをちゃんと申告するのは私のけじめだ。前回の彼と今の彼は違うけれど。それでもそもそも私は彼も助けたくてここに来た。その思いは嘘じゃないし、彼は、彼自身が思うように誰とも繋《つな》がらない根無し草じゃない。大事なことだから嘘はつかない。

「無害は無害だから置いておいて。それより別件でお願いがあるわ」

また彼に頼るなんて、と思うけれど、これは彼にとっても意味があることのはずだ。

ユールはまじまじと私を見ていたが、不意に深い溜息《ためいき》をつく。彼らしくない荒い仕草でがしがしと頭を掻《か》いた。

「あなたは……よく分かりませんね。子供の頃のままかと思ったら全然違いますし……調子が狂います」

「ごめんなさい。迷惑はかけたくないのだけれど、少しだけ我慢して。やるべきことを終えたらあなたの前から消えるわ」

「僕は何をすればいいんですか」

「ティティ——ティティリアシャ・シキワと面会したいの」

つまるところはそれだ。このループの発生源、私の守るべき妖精姫。

彼女に全ての情報を開示する。そこに足りないピースはきっとある。

ユールは眉《まゆ》根を寄せて私を見る。ティティがシキワ侯爵家に引き取られたっていうのは彼も知っているんだろう。私みたいな田舎の令嬢じゃ面会は通らないだろうけど、彼なら多分可能。貴族学校に入る必要はない。ティティと話せればいいんだ。

　ユールは長く考えた末、息を吐き出した。

「あなたの話からするに、ティティが妖精姫なんですね」

「察しがよくて助かるわ」

「そして何故か僕の事情もご存じだと。魔女に捕まっていたなら納得ですが」

　情報源はアシーライラじゃないんだけど、まあいいや。懲役百二十六年のお釣りとしてそれくらい背負ってもらおう。ユールは困惑を振り切るようにかぶりを振ると言った。

「分かりました。伝手《つて》を探してみます。ただ、僕も同席が条件です」

「構わないわ。ご寛恕《かんじょ》感謝します」

　ユールとティティも一応幼馴染同士で面識があるはずだし、いてもらった方が面会希望が通りやすいだろう。

　私は膝《ひざ》の上に手を揃えて深々と頭を下げる。そんな私に彼は気まずそうな目を向けた。

「あなたは……変な人ですね」

「はっきり言いすぎやめて」

「すみません、ちょっと捉《とら》えどころがなさすぎて反応に困るというか」

「事務的会話だけしてくれればいいから」

「……もうちょっと期待してくれてもいいですよ」

「じゃあ私と結婚してくれる？」

「………考えさせてください」

はいはい、考えてて。私と変な探り合いしないでそっちにリソース使ってて。私もやることが多いから、自分事にかかずらってられないの。

ここに至るまで充分過ぎる時間はあった。私に捨て回はない。

今度こそ何ひとつ失わずに済むように。

歩く。歩き出す。

そのための私なのだから。

※

これでティティに会えなかったらどうしよう、と思ったけど、ユールはちゃんと数日後にはティティとの面会を取り付けてくれた。何から何までお世話になる。

場所は王都にあるシキワ邸の一室で、こっちからの出席者はユールと私。

ティティは在学中は校外へ出られないはずだけど、今回は屋敷に召喚されたらしい。ユールの身分が開示されてるからだね。加えて彼女には付き添いがついていた。

「デーエン殿下、ご尊顔を拝し奉り、恐悦至極に存じます」

「顔見てないじゃないか」

「見忘れました」

二回目だけど百二十八年前だったから忘れてた。

デーエンには更に、護衛として宮廷騎士が一人ついてる。彼の名はフィドと言って貴族学校にも通うデーエンの従者だ。ユール一人じゃ彼ら二人の相手は難しいだろうから、護衛として妥当なところだろう。

全員の簡単な挨拶《あいさつ》が終わって、私たちは大きな四角いテーブルにつく。シキワ家が用意してくれた部屋は、二階にあるサロン用の広間だ。テーブルはおそらくカードゲームをするためのものだろうけど、かなり大きめ。山ほど本を広げられそう。

と言っても今はその上には何も置いていない。私は真向いに座るティティに言った。

「久しぶりね。まず、こうして機会をとってくれてありがとう。今から話すことは絵空事めいて聞こえるだろうけど、全て本当のことであると誓うわ」

誰よりも伝えるべきはティティだ。『妖精姫物語』でも、ティティに未来のことを告げた回は二回あった。でもそれはどちらも「失敗するから気を付けて」と警告したものと「失敗するから逃げよう」と誘ったもので、儀式の遂行自体は止められなかった。

だから今回は、そこから一歩踏みこむ。

「この場にいてくれる人のことを全員私はよく知っている。全員が信用できる人間であると分かっているわ。だから、ここでする話を外部へ口外するかどうかは、あなたたちの判断に委《ゆだ》ねます」

ジェイド殿下とか、ユールのお兄さんにこの話をするかは各人の判断に任せる。私よりも彼らの方が相手の人となりを知っているだろうから。

デーエンは頷《うなず》く。彼の後ろに控えるフィドは表情を消している。

ティティは緊張の目で私を見つめると、言った。

「わかった。教えて、ローズィア」

ああ、ティティはやっぱりティティだ。逃げずに懸命に自分の役目を果たそうとする。

それがどれほど絶望的であっても、きっと彼女は変わらない。

だから私は、ここまで調べ上げたことを彼らに語る。

「ありがとう。じゃあ始めるわ」

——全てを話すわけではない。

たとえば私が別の世界から来た「ローズィアの継承者」であることは言わない。それはノイズになって彼らを惑わせてしまうだろうから。肝心なことは「私は妖精《ようせい》姫の力で二年前に戻り、それでも妖精姫の力で記憶を継承している」という点だ。

あとはロンストンの儀式王と、妖精契約が同じ種類の儀式であることも話す。ユールは即位して時間が経つと、過去のネレンディーア人と同じ肺病に侵されてしまうのだということも。

そんな話を全員が最後まで黙って聞いてくれた。

彼らは本当に、充分過ぎるくらい理性的で善良だった。頭が下がる。

全てを聞き終わると、ティティは真剣なまなざしで言った。

「わたしは、絶対に失敗するのね」

「妖精契約という点ではそうね。でも完全な失敗ではないわ。失敗で終わらせないために時間を巻き戻しているのだから」

ティティは何度も何度も挑んでいる。その結果が同じであっても、記憶がなくても、挑み続けていることには変わりがない。

少しうつむいた彼女の顔に銀髪がさらさらとかかる。白い両手がテーブルの上でぎゅっと握りしめられた。

「自分が人間ではない自覚はあるの。ここじゃない別のどこか、淀《よど》みの中から垂れ落ちて生まれてきたって」

それを聞いて、隣のデーエンがちょっと悲しそうな顔をする。優しい。

「でも落ちてきて自分が何をするのか、はっきりとは分からない。ただ誰かに送り出されてこの世界のために役目を果たすんだってことはずっと感じてるの。だから人から『妖精契約をするんだ』って言われて、それがわたしの使命なんだろうって思ってる。そのために育ててもらったんだし、わたしの大事な人たちのためにもちゃんとしないと」

ティティが発見されたのは王都でらしい。そこから身分が安定するまで、自然に溢《あふ》れた静養地に送られた。当時の待遇は伝え聞くだにちゃんとお嬢様として扱われていたらしいから、真面目なティティは恩に着ているんだろう。

「でも私のやることが結局、よくないことを引き起こすのね」

「あなたのせいじゃないわ。過去の妖精契約は上手《うま》く行ってるわけだし、妖精契約がなかった頃はもっと人が死んでた。この儀式が死者の国との均衡で発生するというなら、向こうで何かあってその影響が大きいんじゃないかと思っているわ」

私は立ち上がると作ってきた資料を各人に配る。妖精契約と、それができる以前の伝染病の発生についてまとめた資料を全員——特にユールとデーエンは、すごく苦い表情で読んでいた。

「妖精契約はおおよその周期があるけど、個別の例を見ると実際の間隔にはばらつきがあるわ。死者の国の状況に対応して妖精姫が生まれるというなら、このばらつきは『死者の国が必ずしも一定の周期で状況が推移しているわけではない』ということを意味しているのじゃないかしら」

「——この伝染病の死者数と間隔、見覚えがあります」

ぽつりとそう言ったのは、挨拶以外ずっと無言だったフィドだ。

彼は主人であるデーエンの視線を受けて「少し席を外してもよろしいでしょうか」と言う。デーエンが許可するとフィドは出て行った。え、なんだろう。

フィドがいない間、話を進めるのもなんだし私はちょっと黙る。静寂が気まずい沈黙になる前に、ティティがぽつりと言った。

「ローズィアは、何回その二年間を繰り返してるの？」

あ、これは答えにくい。咲良の周回だけだと試行回数が少ないと思われるかもしれないし、それ以前のローズィアのことを話すと私がオリジナルじゃないことも話さなきゃいけない。さすがティティ、一つの質問だけで痛いところをついてくる。

でも正直に答えよう。

「私はこれが三回目よ」

「なら過去二回はたまたまの失敗ではないのか？」

「殿下、明確な失敗原因が分からない失敗は、今回も失敗するものと思った方がいいです。私に記憶がないだけで魔女アシーライラは今回が六回目らしいですし」

それを聞いて全員がぎょっと顔を強張《こわば》らせる。六回の失敗はさすがに問題だと伝わったらしく、デーエンが「うーん」と唸《うな》った。

隣のユールが物言いたげに見てくる。そうだね、魔女に半年以上監禁されてたこと知ってるもんね。それが毎回の恒例行事になるかもって思ったら引くよね。

「アシーライラは今回の妖精契約を『淀んだ池の一番淀んだ部分に穴を開けて水を抜く』ことだと言っていました。おそらくもともと、かなり危険度の高い回なんだと思います」

「それをどう穏便に済ますか、か」

デーエンが腕組みする。そう、ここが最重要課題だ。これについて一つ確認したい。

「ティティはいざ契約となったら、自分がどんなことをするか分かる？」

あの契約は、はたから見ると妖精姫と王族が指輪の交換をし、お互いの両手を取るというようにしか見えない。けど妖精姫からはどうなのか。

ティティは考えこみながらも口を開いた。

「力の流れを相手側に通す……みたいな感じかな。指輪は同じものを二つ作ってそれが道しるべになってる。ローズィアの話をもとに考えてみると、私と、魔力を持っている相手を通して力の流れを正常化させるって感じかも」

「問題はその流れが激流である可能性がほぼ確定していて、人間側が受け止めきれず国を滅ぼす柱が発生してしまう、ということですか」

ユールの言葉に、全員が今度こそ沈黙する。私は一応腹案があるんだけど、離席している人がいるうちに話すのはちょっとな。

そうしているうちにフィドが戻ってきた。わ、意外に早い。

「資料を持ってまいりました。こちらです」

フィドがテーブルの上に広げたのは、ここ数百年くらいのネレンディーア含む周辺国の戦争の記録だ。今は平和だけど、戦争が起きていた時代もあったってのは知ってる。

「これら戦争の発生年と、推定犠牲者数を見てください」

フィドが示すものを見て、一番先に気づいたのはユールみたいだ。顔色が変わる。その後に数秒遅れて気づいたのは私。デーエンは分からないみたい。

ティティは、絶句していた。

「これ……伝染病の発生年と犠牲者数が、戦争の発生年と犠牲者数に結びついてる？」

「そのようですね。発生年はおおよそ百年ずれで、犠牲者数は後に起こる戦火によるもの方が十倍に膨らんで、という相関関係でしょうか」

伝染病で二百三十七人死んだ百二十一年後に、戦争によって約二千四百人が死んでいる。その次の伝染病では千三百六人の死亡で、百二十一年後に戦争で一万三千人の死者。

全部の戦争に対応する伝染病があるわけではない。伝染病はネレンディーア内だけの記録で、戦争はロンストンまでを含めたもっと広範囲の記録だから。

でも全ての伝染病の百二十一年後には、犠牲者を十倍にした戦争が必ず起こっている。

そして、妖精契約が行われるようになった後には――

「どの妖精契約も、百二十一年後に大きな戦争が起きてる」

「……つまり、今回の妖精契約から百二十一年後にも戦争が起こる、ということか？」

デーエンの問いに全員が沈黙したのは肯定の意味だ。

二つの数字が相関しているなら、そうとしか考えられない。二つの世界はそうやってバランスを取って流れている。デーエンは私たちの様子を見ると、あわてて言い繕った。

「だ、だが、戦争はまだ起きていない未来のことだろう？　今から止めれば妖精契約も軽くなるんじゃ……」

「殿下、さすがに百年以上先の戦争に手を打つのは無理です」

何しろこっちはスタートから二年後に巻き戻しが発生する。百年後の戦争どころじゃないし、時系列が逆で――妖精契約をしなくても伝染病が発生するんだ。

「あれ、逆って……」

その言葉はつい最近きいたばかりだ。当然覚えている。言われた内容を思い出す。

腑《ふ》に落ちる。隣のユールが私の言葉で怪訝《けげん》な顔になった。

「何が逆なんですか？」

「時間が。向こうとこちらは時間の流れ方が違うの」

あの世である妖精《ようせい》国とこの世の人間世界は、時間の流れ方が違う。妖精国の隅に間借りしているアシーライラの庵《いおり》でさえ時間が停滞していたんだ。実際に私も懲役百二十六年を食らってる。二つの世界において時間は同じではない。

「それは流れる速度だけじゃなくて、流れる向きもそうなんじゃないかしら。だって妖精契約を始めたのは、伝染病の発生を防ぐためにでしょう？　でも伝染病をなくすことができても戦争の発生は変わっていない。これは変えられなかったということじゃないかしら」

「つまり？」

デーエンの確認に、私は重く頷《うなず》く。

「伝染病と戦争の相関関係は、時系列が逆なんです。未来で戦争が起こったから、過去に伝染病が発生した。死者の国では、未来と過去で因果の逆転が起きてるんです」

ぱちん、と表裏を裏返すように、私は指を弾《はじ》いて見せる。

全員の反応は呆然《ぼうぜん》といったものだ。そりゃそうだよね。突拍子もない。

でもそうだとすると一つ解ける謎がある。

「デーエン殿下は御祖母様《おばあ》の肖像画をご覧になったことがありますよね。ティティによく似ていたでしょう？」

「似ている、か？　私はあまりそういうのが分からなくてな。第一、髪色が違うだろう？」

「そこです。妖精姫であるティティは、死者の国から誰かの遺志に押されてこちらに来た。その誰かの姿形を写しているのだとしたら、それは御祖母様ではなく、まだ生まれていない未来の王家の誰かなんじゃないでしょうか。だから似ていて、でも髪色が違う」

なんで髪色だけ違うのかは気になっていたけど、別人だとしたら辻褄《つじつま》が合う。

「死者の国の時間が全部逆に流れているわけではないと思います。でも逆に流れている部分もあるんです。アシーライラは死者の国のことを『時間の流れ方も空間も人間の世界とは違う。外周は特にそうだ。例の潮流があって人間世界と繋《つな》がって流れているから、真っ直ぐ進んだと思っても逆だったりする』と言っていました」

私が思い出したのはこれ。進んでいるのが逆になっているって謎かけみたいだけど、単にそこの流れが逆なんだ。

「妖精国部分の潮流は、こちらでいう未来から過去への流れになっている――つまりはこういうことじゃないでしょうか」

こういう概念的な話は説明しにくいから、ある程度情報が変質すること覚悟で抽象図や比喩《ひゆ》を使ったりするしかない。

私は手元の紙に、ペンでぐるりと円を描く。時計回りに、向きが分かるように閉じた部分を矢印にして。最後に円の中心を通るよう線を引いて、右と左で半部つずつ「人間世界」「妖精国」と書く。

「仮に潮流がこういう風に円状に流れているとして、私たちは内側にいるわけです。そうすると人間の世界側はこう、上から下に時間が流れているように見えるけれど、反対側の妖精国を見ると、下から上に流れているように見える、という……」

本当は、運動場のトラックリレーを内側から見ている状況にたとえた方が分かりやすそうだけど、この世界にトラックつきの運動場はないのでこんな感じ。

「で、でもローズィア、だとしたら未来の戦争なんてなおさらどうにもできなくて、妖精契約の結果を変えられないんじゃ……」

青ざめてしまったティティを、私は見つめる。うん、そうなんです。私のこの推論は全然状況改善にはなってない。現状を変えられない。変えられないけど……フィドがくれた裏付けを踏まえれば手の打ちようがある。

私はテーブルの上に軽く身を乗り出す。

「ティティ、私に一案があるの」

一手を打つなら、これしかない。

「今、妖精契約をやってしまわない？」

「え？」

「本当は、もうちょっと違う提案をするつもりでいたの。妖精契約を何回か小分けにして行えるかどうか試せないかって……だって一度に流してしまうから失敗するわけでしょう？」

そんなことが可能かどうかは分からない。でもティティと私がいれば、試すことはできる。少し開いて閉じる、その繰り返しで激流を消化できないかって思ってた。

ただフィドが持ってきてくれた資料によると、二つの死の相関はぴったり百二十一年だ。なら今妖精契約をやってしまえば、淀《よど》みが溜《た》まっている時間とは違うところに穴を開けられるんじゃないだろうか。

もちろんこれはその場しのぎの案でしかない。淀みは結局解消しないままだ。

でも無にもならないと思う。違う時間に穴を開ければ、激流を避けつつ流れを緩和できるはずだ。ティティが「溜まっていたものから生まれ落ちた」というなら、向こうの世界の淀みは急に生まれるわけじゃなくて、少しずつ沈殿していったものが限界を迎えるという形なんだろう。ならその沈殿物が溢《あふ》れる前に流してしまえばいい。

ティティは、ちょっとあわてた顔になる。

「で、でもわたし、まだ羽が完全に収まってないの。これが収まると完全にこっちの世界に馴染《なじ》むから、妖精契約は羽が収まってからやるって聞いたけど……」

「あー、なるほど。そこで契約年を固定してるんだ」

妖精姫は赤ん坊の頃にこっちへ来てるのに、どうして契約時期と戦争がそんなにぴったりリンクできるのかと思ったら、羽が背中に吸収しきる時がジャストなのか。

「羽が収まるまでは絶対できない感じ？」

それでも私は確認する。

ティティは真剣なまなざしで一度自分の手元を見つめると、顔を上げた。

「できると、思う。相手がいてくれるなら……」

「私がやろう」

即答したのはデーエンだ。ありがたい。そう言ってくれると思った。

ティティは不安を消せない目で隣のデーエンを見つめる。

「殿下」

「私は君の味方だよ。いつでも、最初からそうだ」

デーエンは、ティティがシキワ家に引き取られた時からの付き合いなんだ。味方のいない彼女の味方であり続けてくれた。彼と一緒の思い出がどれほどティティの支えになったか、ローズィアは何度も聞いて知っている。

ティティは潤む目を伏せた。

「お願い、します……殿下」

「ああ」

デーエンが差し出した手を、ティティが遠慮がちに取る。

その様に私はほっと安堵《あんど》する。持って来た指輪の小箱をテーブルに置いた。

「間に合わせではありますが、これを」

「ティティ、駄目だと思ったらすぐ時間を戻していいわ。私が必ず今の状況に戻すから」

ティティがバトンを渡してくれるなら、絶対同じ状況まで私が取り戻す。取り戻して、次を考える。その繰り返しだ。

「ありがとう」

小箱を押し出そうとする私の手を、けれど横からユールが摑《つか》んだ。

「ローズィア、もう一度今の状況まで戻すとしたら、あなたはまた魔女に捕まるのではないですか」

ぐ……痛いところをつく。確かにアシーライラが妖精の羽を入手した時点は、ローズィアのリスタート地点より前だ。だから毎回それを取り上げるタスクは発生する。危険だけどそれをしない方が危険だ。私は軽く両手を挙げる。

「我が身可愛さを言っていられないの。アシーライラに妖精姫の羽を持たせておくとこちらの妨害をしてくる可能性があるわ。羽の力が分かっていないうちに没収しないと」

「妖精姫の羽？」

「それを飲むと巻き戻しても記憶が保持されるの。私と違ってアシーライラの持っているのは別の妖精姫の羽らしいけど、そちらは没収した時に飲んでしまったから見せられないわ」

ローズィアがもともと妖精姫の羽を飲んで記憶を保持してたって話はあんまり触れたくなかったんだけど。だって私が友達の羽むしって食べちゃった子みたいだから……。

熊のお嬢様過ぎる。

ユールはじっと私を見据える。

私は目を逸《そ》らさない。譲る気はない。

それが分かったのか、彼は溜息《ためいき》をついて手を離した。

「次は僕も連れていきなさい。その羽は僕が飲みます」

「……え」

「一人より二人の方がましでしょう。あんなにぼろぼろになったあなたを二度見るのはしのびないですからね」

私がぼろぼろになったのは懲役百二十六年のせいで、妖精《ようせい》の羽を飲んだせいじゃないんだけど。私はあなたを懲役百二十六年の目に遭わせる気はないんだけど。

……でも、そっか。

「ありがとう」

そうだね。いつか何度も何度も繰り返して、もう駄目だって思った時には。あなたに道連れになってもらうかもしれない。「お願いだから私と一緒に苦しんで」って言うかも。そんな日が来なければいいと思うけど。でも、あなたがそう言ってくれたことは、きっと最後の最後まで忘れないよ。

少しだけ泣きそうになったけど泣かない。

指輪の小箱を受け取ったティティは、申し訳なさそうに私たちを見る。

「わたしがちゃんと、最初から二人ともに記憶を残せればいいのだけれど」

「昔に一枚もらっているのに、さすがにユールの分までもらうのは申し訳ないわ」

「え？　昔って？」

「え？」

あれ？　何か齟齬《そご》がある。なんで？

私がそれを確認しようとした時、ドアが断りもなく開けられた。そこに立っているのは、ジェイド殿下とお付きの兵士たち……そして白いローブ姿の女性だ。

ローブを目深にかぶったその姿を、私は今まで二度見かけている。

一度は貴族学校に入学した時。もう一度は図書館で調べものをしようとした時。彼女の姿は時折私の視界の端にちらついていた。私が捕まえられなかっただけだ。

白いフードを彼女は手で上げる。その下の両眼は、白い薄布で隠されていた。

彼女を私は知っている。――読んだことがある。

「……聖女ノナ」

「妖精契約を無断で行うことは、さすがに見過ごせません」

固い、感情のない声でノナは言う。隣のジェイド殿下が兵士たちに命じた。

「捕らえろ。全員だ」

「兄上！　お話を聞いて頂きたい！」

「デーエンもだ。捕縛しろ。不敬罪で構わぬ」

「うそっ」

まずい、これは本気だ。また拘禁か。

兵士たちが部屋の中に入ってくる。聖女ノナは、私を見ている。

え、何だこれ。なんでノナがこんな風に介入してくるの？

ティティが私たちに叫ぶ。

「っ、逃げて！」

「でも」

ここで逃げたら余計にまずいんじゃ、という考えと、ここで捕まったら挽回《ばんかい》は難しい、
という考えが一瞬自分の中でぶつかる。

迷いが動きを止める。その私を、ユールが横から抱き上げた。

「逃げますよ」

「ちょ、」

後ろはバルコニーになってる。そこに向かおうとする私たちを兵士は追ってくる。

ジェイド殿下は多分ユールの身分を知ってるのにこれって、あまりにも強攻過ぎる。

ノナが何か言った？　今回は何がそんなに違った？

でも、こんなに違うなら――

「ま、魔力徴発・転送・設定『ロンストン城』」

「徴発・無効、設定……」

まずい、ノナが詠唱してる。私は残りのワンワードを叫ぶ。

「っ、起動！」

景色が変わる。私たちは誰もいないロンストン城の聖堂に転がりでる。

ティティはいない。連れてこられなかった。デーエンも、フィドも。

私の隣にいるのはユールだけだ。

「え、何が起きてるの……？」

ロンストンの聖堂で、私はユールと顔を見合わせる。転送の衝撃で転がっていた私に、ユールは立ち上がると手を差し伸べてくれた。

「怪我はありませんか？」

「ないわ……ありがとう」

立ち上がった私はスカートの埃《ほこり》を祓《はら》う。無人の聖堂は木の長椅子が何列も並んでいるだけだ。私は何も置かれていない祭壇を振り返る。この場所、色々思うところが出てきちゃう場所だな。今のうちに破壊した方がいいかも。

そんなことを考えていた私はユールの視線に気づく。

「しかしあなたは変わった特技がありますね。本当にここはロンストンですよ」

「……聖女ノナにもらった力なの。私には魔力がないから、魔力を持ってる誰かと一緒じゃないと意味がないけど」

「ノナは味方だったんですか？」

「だと、思ってたんだけど……」

なんで妨害されたんだろう。

いや、アシーライラも味方だと思ったらそうじゃなかったから、ありうる感じなのか。でもよりによって今とは。

「とにかく移動しないと……ノナには転送先を聞かれてるから追ってくるかも。あなたとセットじゃないと移動できないんだけど、いい？」

魔力徴発と転送の大本はノナなんだ。実際無効にする詠唱をされてた。恐ろしい。

ユールは柔軟な頭を持っているだけあって、あっさり頷《うなず》いてくれる。

「分かりました。行きましょう」

「あ、でもせっかくロンストンに来たなら議会に圧をかけていこうかしら。秘密裏に処刑とか絶対許さないぞと」

「まさかあなた、前回そんなことをしたんじゃないでしょうね」

「…………」

「したんですか。何を考えてるんですか」

「人には絶対譲れない、ここを越えたら戦争だという一線があるのよ」

まさかこれ、周回が変わる度に毎回怒られるんだろうか。たまには「もっと派手に議会を壊滅させてください」とか言って欲しい。でも今はそれどころじゃないから降参。

「分かったわ。今回はやめておくわ」

「今回は？」

「先のことはお約束できません」

私は転送をかけるためにユールに手を伸ばす。彼はその手を取った。ロンストンのことも気になるけど、彼が私の傍にいてくれる限り即位はない。危険は及ばない。

それに、妖精契約を今行えれば、ユールの方への被害も薄くなるんじゃないだろうか。死者の国とこっちの世界のバランスは、明確に国境で区域整理されてるわけじゃないんだ。今回の妖精契約が激流であることの余波がおそらくユールにも出てしまっている。

だから、今はティティを先に。

「魔力徴発・転送・設定『ペードン邸』――起動」

目的地を聞いて、ユールがなるほどって顔をする。うん、いきなり王都に戻る手もあるけど、とりあえずは用心のためにローズィアの実家経由。気になることもあるし。

景色が変わって、出たのは私の部屋だ。ユールは前にも一度入ったとあって、すぐにどこだか分かったらしい。白い天蓋《てんがい》のベッドを見上げると、苦い顔で私を振り返った。

「どうして私室に出すんですか……」

「この部屋が一番記憶が濃くて。それより」

今のうちに聞いておかないといけないことがある。私はユールの腕を摑《つか》んだ。

「子供の頃のこと教えて！　小さい頃のローズィアのこと。なんでもいいから！」

「な、なんですか急に……」

「いいから！　山を徘徊《はいかい》してたって知ってる？」

　ローズィアが記憶を継承しているのは妖精《ようせい》姫の羽を飲んだからだ。でもティティは心当たりがないみたいだった。ティティの羽じゃないんだ。じゃあローズィアのこれはどこから来たのか。放っておいていいのかもしれないけど何か引っかかる。

　ユールは形の良い眉根《まゆね》を寄せた。

「どうして自分のことを僕に聞くんですか」

「そのあたりの記憶がぼやぼやしてるから。お願い！」

　小さい頃の中身は別人でしたとか言ったら面倒だからです。ローズィアの過去のことは他人に聞くしかないんだ。必死な私に、ユールは訝《いぶか》しげながらも教えてくれる。

「……確かにあなたは山に出入りしてましたね。人目を避けてる感じがしたので、一度麓《ふもと》で見かけてこっそりついていったことがあります」

「それってどの辺に行ってたか分かる？」

「分かりますよ」

「寄ってみましょう」

　この成り代わり、私は真砂からちゃんと引き継ぎされてるけど、真砂はちゃんとした引き継ぎを受けなかった。オリジナルのローズィアについては完全に情報断絶してる。

　でもそこはきっと知っておくべきことだ。何故ローズィアはやり直しても記憶を保持しているのか、その理由に今回の件の鍵《かぎ》があるかもしれない。

私はユールを急《せ》き立てて屋敷を抜け出すと、裏の山へ向かう。彼は十年ぶりの山に迷いながら、三十分ほどかけて或《あ》る一本の大きな木の前に私を案内してくれた。

「多分あそこです。木のうろに何かを隠してるみたいでした」

「ありがとう！」

駆け寄って草を掻《か》き分けて探すと、確かに木の根元に小さなうろがある。ち、小さい、子供の腕しか通らなくない⁉　何とか腕を差しこもうとする私に、ユールが問う。

「それが何か関係あるんですか？」

「関係ないかもだけどノナをなんとかしないと。彼女は多分ローズィアを監視してる」

「え？」

真砂にノナが魔力徴発をくれたのもどうしてだろうって不思議に思ってたけど、さっきの発言はさすがにおかしい。「妖精契約を無断で行うことはさすがに見過ごせない」って、それ以外のローズィアの行動は見過ごしてたってことだ。

――ならノナは、ローズィアがループしてることを知ってるんじゃないだろうか。

そうでもなければ、こんなただの田舎令嬢を監視している理由がない。私が魔力徴発を詠唱しても驚かなかったくらいだし、ノナは自分が与えた異能のことも覚えているんだろう。つまり、彼女も周回の記憶がある。

「ほら、聖女ノナって一年ちょっと前の土砂災害で活躍して名が知れた人でしょ？」

「ああ、そうでしたね。確か雨の降り始めに現れて住民を避難させたんだとか」

「それって『未来を知ってたからできた』って感じがしないかしら」

「あ」

だとしたらノナもループしている。それもローズィアのスタート地点より前にだ。ループしてローズィアのことをある程度監視している。だから前の周回で私がかなり前に入学しても驚かなかった。入学の日、校舎の正面入口前ですれちがったのは今思えばノナだった。でも彼女は平然としていた。私の大まかな動きを把握していたからだ。

ただここまでは推測できても全部は繋《つな》がらない。ローズィアがいつノナに目をつけられたのか始まりが分からないんだ。それを摑めるなら摑んで、可能ならノナにも味方になってもらいたい。敵に回すには彼女は厄介過ぎる。

「駄目元よ駄目元。熊のお嬢様が何かやらかしてノナの怒りを買っているのかもしれないでしょう？」

「熊のお嬢様って、まさか自分のことですか？」

「それはいいから！　ん、なんかある……う、あと、ちょっと」

よし、指先が引っ掛かった！　私は苦心してそれを引っ張り出してみる。

出てきたのは、細長い瓶だ。透き通る瓶の中を見た私とユールは絶句する。

「……これが、妖精姫の羽ですか」

「そうみたいね……アシーライラに見つからないよう処分しないと駄目だけど」

瓶の中には二枚の青い薄羽が入っている。ティティのものでは、ない。ティティはさっきの様子からして羽がまだ背中に残っている。

「妖精姫の薄羽は確か全部で四枚、だったわよね」

「記録ではそうなっていますね」

瓶には羽以外にも、ガラスの指輪や水晶っぽい石の破片、折りたたんだ紙なんかも入っている。完全に子供の宝物箱だ。

私は瓶の蓋《ふた》を開ける。手紙から出そうとした時、横からユールの手が瓶を取り上げた。

「え？」

止める間もなく、彼は中から妖精姫の羽を取り出すと、二枚とものみこむ。

美しい羽はあっさり、彼の喉《のど》の奥へと消えた。

呆然《ぼうぜん》としている私に、彼は残りの瓶を差し出してくる。

「はい、どうぞ」

「……え、何したの？」

「あなた一人に任せておくのは危ないと言ったでしょうが」

「いやいやいやいや」

何してんの本当。いやもう意味わかんない。なんなんだよもう。

「な、なんで前回も今回も、そんなに予想外のことしてくるの……？」

この世界みんな無茶苦茶だけど、私を一番に振り回してくるの、この人なんじゃないか……？　がっくりうなだれる私を、ユールはまじまじと見下ろす。

「……前回の僕はあなたとどういう関係だったんですか」

「何の関係もなかったわ」

結婚はしなかった。婚約者でもなくなった。ただの……ただの何？　分からない。

汚れていない手の甲で目元を押さえる私に、ユールは微笑する。

「前の僕はずいぶん見る目がなかったようですね」

「そんなこと言わないで。私が上手《うま》くできなかっただけ」

うまく言えないけど、私は必死に走りながら自分のことをなんとかできるほど器用な人間じゃなかった。臆病《おくびょう》だった。そのつけを彼に払わせてしまった。だから今回は最低限の付き合いでいいと思ってる。本当だよ。なのになんなんだもう。

言いたいことを百くらいのみこむ。今はこっちだ。私は瓶の中から手紙を取り出して広げる。ユールはそれを後ろから覗《のぞ》きこんだ。私たちは無言になる。

「……なんですか、これは」

「私は分かった、気がするわ」

その答えを確かめるには、王都に戻る必要がありそうだ。

※

「どうしてこんな……」

　ティティは固く拳《こぶし》を握って、椅子に座ってうつむいたきりだ。シキワの屋敷から彼女が連行されたのは王城の一室。前回はここにローズィア・ペードンが拘禁されていた。デーエンは別の部屋に。この二人はもう一緒にはできない。妖精契約を事前に行われては何が起こるか分からないからだ。

　窓には鉄格子が入っている。ティティの隣に立って空を眺めていた私は振り返った。

「何か困ったことがあったら言ってちょうだい」

「ここから出してください……」

「それはできないの」

　そう言うと、ティティは大きな目を潤ませてまたうつむく。正直、彼女にこんなことを言うのは心苦しい。彼女の悲しい顔が見たくてこんなことをしているわけではない。ただ他に方法がないから、これなら何とかなると思っているからやっているだけだ。

　予想外のことなどなくていい。最大の回り道が唯一の解決法だ。考えてはいけない。ただ繰り返せばいい。だから、今回も。

　――がたん、と背後で大きな音が鳴る。

　振り返るとそこにいたのは、二人の人間だ。転送を使って現れたのだろう。

　よく知る顔の女と、ユール。女は私がここにいるのが計算外だったのか苦い顔になる。

　それでも彼女は立ち上がった。

「ティティ！　迎えに来たわ！」

「ローズィア！」

ティティが駆け出そうとするのを、私は手で留《とど》める。

「行っては駄目」

女はそれを聞いて、挑戦的に眉《まゆ》を上げる。

「どうして止めるのかしら、聖女ノナ。いつも通りの終わりでないと、何か問題でも？」

彼女は私を正面から見据える。

その目、意志に満ちた、獰猛《どうもう》にさえ見える目。

前の彼女とはまったく違う。敵対を厭《いと》わない目だ。

彼女は懐から一枚の紙を取り出す。それを見て、私はぎょっとした。

「なんでそれを……」

「ここに来る途中取ってきたの。あなたが書いたものでしょう？　何回かごとにあなたが書き足していた。今が何回目か分からなくならないように」

女は、生きている者そのものの目で、私を見つめる。

「聖女ノナ。それともローズィア・ペードンの名前をお返しした方がよろしいかしら」

まるで悪役のように。

気位の高い令嬢らしく、「私」を継いだ女はそう言って笑った。

※

「わたしがここに隠れていることは、誰にも言わないで」

そう頼まれた。私よりも数歳年上の美しい少女だった。

私は彼女との約束を守った。それが絶対に正しいと思うくらい、私は子供だった。

山の小さな洞窟《どうくつ》に、私は度々パンと水を運んでいった。

彼女は私に多くを語らなかった。それでもちょっとした会話から分かることはあった。

彼女には身寄りがないこと。どこかの家に引き取られてそこで暮らしていたこと。

部屋に軟禁され、人間扱いされず、嫌悪の目で見られていたこと。

そんな扱いに耐えられず、逃げ出してここまで来たこと。

「わたしには使命があるの。でもどうしてそれを果たさないといけないのかしら。わたしのこの顔は、わたしを送り出した遺志を反映しただけなのに」

悔しいと、彼女は言わなかった。その目には諦観《ていかん》と静かな怒りがあった。

彼女は洞窟から出ようとしなかった。日に日にやせ細っていった。

幼い私はただ食事や毛布を運ぶことしかできなかった。

ある日洞窟を訪れた時、そこに残っていたものは……彼女の着ていたぼろぼろの服と、青く透き通る四枚の羽だけだった。

※

「ノナがローズィア・ペードン？　どういうことですか」

「説明が面倒なんだけど、あなたやティティと子供の頃に遊んでた方がノナ。私は妖精《ようせい》契約の失敗から二年前に戻って周回している方のローズィア。私の方は今まで何人も代替わりしてるわ。先代は私の友達で、十五回周回してた」

くっ、ローズィアの中身が入れ替わっていること、面倒だから説明を省いていたのに結局ここで説明する羽目になった！　こんなことならもっと先にしておけばよかった。

ノナの反応を見てようやく確定したわけだから仕方ないんだけど！

ユールはいつもの信じがたいという目で私を見る。

「代替わりって……そもそもどうしてノナとローズィアの二人に分かれているんですか」

「それはノナが知ってるんじゃないかしら。何故ローズィアがループしてるのかも」

全員の視線がノナに集中する。目隠しをした彼女は言葉を詰まらせたように見えた。

でもすぐに、諦《あきら》めたように目を覆う布に手をかける。布が外されたその下から出てきた顔は、ローズィアと同じものだ。

ただ目だけが違う。彼女の光彩は硝子《ガラス》みたいに透き通る青だった。
ティティが驚きに口を押さえる。その彼女を、ノナは微苦笑で見やった。
「驚かせてごめんなさいね。今の私は死人なの。妖精姫の羽によって、魂だけの状態を
体があるように見せられるだけ」
「……隠してあったあの羽は、あなたのものですか」
「私のものではないけれど隠したのは私ね。私はね、子供の頃に妖精姫を匿《かくま》っていたの」
ユールの問いに、ノナは乾いた声で吐き出す。
それは予想の範囲内だ。ローズィアが飲んだのはティティの羽じゃないと分かった時
に疑った。つまり──妖精姫はもう一人いたんじゃないかと。
「その妖精姫は当時の私よりずっと年上に見えた。どこかでひどい扱いを受けて逃げて
きたそうよ。私は彼女を気の毒に思って食べ物を運んでいたの。けどある日いなくなっ
て、そこには服と羽だけが残っていた」
「それって」
「妖精姫に死体は残らないわ。当時の私はそれを知らなかったけど……羽は、すごく甘
い香りがした」
私は思わず顔を顰《しか》める。隣のユールもだ。ノナは微笑んでいるように見えたけど、微
笑んではいないんだろう。顔は青ざめて声が震えている。
「私は怖くなって、残りの羽を隠して服は処分した。子供でも『何かまずいことになっ

た』とは分かったから。あとはあなたたちも知る通りかしら。十七歳の時に貴族学校に入ってティティと再会し妖精契約に立ち会った。妖精契約は失敗して時間は巻き戻った」

それで話は終わりだ、と言わんばかりにノナは両手を広げる。

嘘は言っていないんだろう。でも全部も言っていない。私と同じだ。

だから、問う。

「何年前に戻ったの？」

ノナは顔を引き攣《つ》らせる。

私がそれを聞いてくることは分かっているでしょうに。

でも、あなたが言わないなら私が言うだけだ。

「本当は、ループで戻る地点は私が目覚める二年前じゃないんでしょう。もっと前に、あなたがちゃんとローズィアである頃まで戻ってる。違う？」

しらを切られるかもしれない、と思った。だがしらを切られても私は私の推論を話すだけだ。結果は同じだと思ったのか、ノナが重い口を開く。

「三年前よ」

ああやっぱり。私は手元の紙を見る。瓶の中に入っていた紙は手紙じゃなかった。そこには数字が一つだけ書かれていたんだ。その数字は、ループの回数としてはあまりにも多い。多いけど、これが本当の「ローズィア・ペードンが経験した回数」なんだろう。

「え、え？　何……どういうこと？　なんで二人になったの？」

そう言うのは困惑を隠せないティティだ。無理もない。私でも確信は持ててないんだ。

「こうじゃないか」っていうのはあるけど、本当のところはノナしか分からない。

ノナはティティの言葉に押し黙る。どう答えるべきか迷っているようなその顔は、ループ者特有のものだ。何を言って何を言うべきではないか。そこにあるのは保身じゃない。ないから難しい。よく分かる。

ノナはちらりと私を見る。その視線に、ユールがさりげなく私を庇《かば》うように半歩前に出た。彼の手が私の肩に置かれるのを見て、ノナはふっと笑う。

「妖精契約は必ず失敗する——これは事実だわ。ティティには二人分の妖精姫の役割がかかっている。それは契約する人間側には、重すぎる」

ああ、やっぱりそうなのか。ノナが子供の頃出会った妖精姫が死んだことで、ティティは二回分の淀《よど》みを負うことになったんだ。

ノナは透き通った両眼で窓の外を見やる。

「三年間を何度か繰り返した私は、ようやく気づいたわ。子供の私が、あの妖精姫のことを誰にも言わなかったから、見殺しにしてしまったから、その分ティティに重荷がかかっているんだと」

本当なら一人目の妖精姫が妖精契約をしなかったことで伝染病が発生するはずだった。けどそうならなかったのは、妖精姫の死が不慮の事故だったからか、ティティが近くで暮らしていたからか、それとも純魔結晶の鉱山の真上だったせいか——

正確なところは不明だ。ただ事実として、ティティは知らぬまま本来以上の役目を負うことになった。

「やりなおせるならやりなおしたかった。でも時間は子供の頃までは巻き戻らない。私は色々手を尽くして、過去の文献を漁《あさ》って、ようやく未来と今の死者数が相関関係にあることに気づいた……」

「今の僕たちと同じところまで来たわけですか」

「そうね。私は不器用だったし一人だったから、もっとずっと時間がかかったけれど」

ノナは自嘲《じちょう》気味にそんなことを言う。これについては私も全然上手《うま》くいってないんだけど、彼女には彼女で、私に分からない苦労があったはずだ。

「人に殺された人間はね、死後にほんの少し淀みを残してしまうの。本来の魂量からすると十分の一程度の量の淀み。でもそれも大量に重なればひどい淀みになるわ。だから淀みと同じだけの魂で押し流さないといけない」

なんて無茶な対策だ。そのために謎の伝染病が発生していたのか。

「妖精契約が伝染病に代わるようになったのは何故？」

「そのあたりはさすがに記録には残されていなかったわ。でも伝染病をなんとかしたいと思った人間が仕組みに気づいたんでしょう。死の国に触れられる誰かか、或《ある》いは死してなお残った人の遺志が動いたのか。彼らは淀みそのものから人の姿をしたものを人間の世界に送り出すようになった。それが妖精姫。彼女を媒介として人間は淀みを穏やかに循環させて、致命的なことになる前に散らせるようになった」

まるでプールの底に溜《た》まった泥を掃除するようなものだ。最初はホースの水で強引に流していたのを、途中から泥が溜まりきる前に少しずつ運び出すようになったって感じか。運び出すのが妖精姫。そっちの方が被害が少ないし、当然の変遷だろう。

死の国の淀みに関しては、おそらく色んな土地で違うアプローチが為《な》されたんだと思う。ロンストンもそうだし、他の土地も成功していれば別のやり方があるんだろう。けど今回そのシステムは破綻《はたん》した。淀みが溜まり過ぎてしまった。

ノナは力なくかぶりを振る。

「妖精契約の事故を防ぎたくとも、本来の原因は未来に起こる戦争です。それに干渉できない以上、今のこの時代にできる解決策は、同じだけの死者を用意するしかないの。でも、目の前で人が大量に死に始めれば、ティティは時間を巻き戻してしまう」

「だからあなたは、それをローズィア・ペードン一人で賄おうとした。周回できることを利用して。で、合ってる？」

ティティが、ユールが、愕然《がくぜん》とした顔になる。

特にユールはこの紙に書かれていた回数を見ているから、その選択が正気じゃないって思うんだろう。私も正気じゃないとは思う。でもノナは、いやローズィア・ペードンはそれをやりきろうとしている。

ノナは否定しない。

ユールが乾いた息をのみこんだ。

「つまりあなたは、三年のうち二年を何人もの人間に代替わりして周回させることで、彼女たちの死を積み上げて妖精《ようせい》契約を超えようとしたんですか……？」

ユールの手に力が込められる。ちょ、痛い痛い痛い。私の肩が砕ける。

私が無言で悶絶《もんぜつ》するのに気づいて、ユールはあわてて手を放す。

「すみません」

「い、いや、大丈夫……あと、多分それ、違う……」

「違う？」

「私たちは自分で選ばない限り死なないの。次の回に行くだけだし、死ぬのを選んだ場合は元の世界に戻れる」

真砂も帰ってきて次の私を送り出したんだ。ローズィアを引き継いだ人間たちは確かに終わりと共に死ぬんだろうけど、その魂はこの世界から解放される。

解放されないのは、ノナの方だ。

「ループをする方のローズィアは厳密には死なない。でもノナであるあなたは現に死人になってる。……あなたは三年のうち二年を別の人間に任せてループを発生させながら、自分は死を重ねている。どうやってそんなことを可能にしたかは分からないけど……自分一人の死を溜めこんで、それで妖精契約の対価にするつもりなんじゃないの？」

ローズィアのままだと彼女は死ねない。

死んでもそれは厳密には死ではなく、三年前に戻るからだ。だから別の人間にローズィアを任せる。私が目覚める最初の朝の前日が、彼女の死ぬ日だ。私や真砂が二年間を繰り返す時、彼女もまた戻って死ぬまでの一年間を重ねていた。それも、気が遠くなるくらいの回数をずっと。

誰にも顧みられない繰り返しだ。誰にも理解されない。ループ者である私たちでさえ、想像できてほんの欠片《かけら》だろう。

ノナは私を見つめる。その唇が薄く微笑む。

「あなたみたいな娘が来たのは誤算だわ。……最初はね、生きる居場所がない娘を選んでいたの。元の暮らしを捨てて死にたがっていた娘を選んだ。ローズィア・ペードンになれば、二年間だけだけど不自由ない暮らしを送れる。何回繰り返したっていい。私はその分、自分の死の回数を稼げる。それならお互いの利害が一致しているでしょう？」

「一致していると言えばそうかもね。継承制にしたのはどうして？」

「特別な理由はないわ。いちいち誰かを探してくるのに疲れてしまったからよ。あなたたちはあなたたちで完結して時間を回して欲しかった。一人一人に肩入れしたくなかった。好きに生きて、好きに終わって欲しかった」

「でも、それをしていたら真砂が現れた」

ノナの顔から表情が消える。

山下真砂。生きる場所がないから、ローズィアを引き受けた私の友達。

彼女は、この世界に生きるうちにティティたちに肩入れしていった。肩入れして、なんとか悲劇を回避したいと奔走した。ノナがそうであるように。

　ノナは、沈痛さを押し隠した目を閉じる。

「……周回を繰り返しているうちに、私にできることは増えたわ。だから彼女にはその一部をあげただけ。すごく辛《つら》そうにしていたから、慰めになればいいと思っただけよ」

「真砂は助けたのに、私のやることには賛成してくれないの？」

「近道が正解とは限らないの。あなたも前回それを知ったでしょう？」

「耳が痛いわね」

　私も真砂も失敗し続けている。或いは他のローズィアたちも。ノナはだからもう、自分以外に希望をかけない。私のような不確定要素を生む人間はなおさらだ。彼女からしてみると、私の考えるようなことはとっくに考えたことなんだろう。でも。

「まだ通っていない近道があるなら通るわ。手を貸してなんて言わない。見逃してくれればいい。この一回を私にちょうだい」

「あなただけは見過ごせない。あなたは魔女と近づきすぎたわ。――私のように」

　あ、やっぱりノナを今のノナにしたのって魔女の介入があってのことなのか。

　じゃあ私もそうなる可能性があるってこと？　それは結構強くない？

　ノナは溜息《ためいき》をつくと、近くのテーブルにあった小さなベルを鳴らす。ベルは王城の別の場所に連動しているんだろう。たちまち外からドアが叩《たた》かれた。

「聖女様！　ご無事ですか！」

兵士たちの声を聞きながら、ノナは再び目隠しを取り出す。

「デーエンのいる場所は転送禁止にしておくわ。諦《あきら》めて残り一年を過ごしなさい」

疲れ果てて聞こえるそれは、ノナの勝利宣言だ。私たちが事前に妖精契約を強行したくても、もう相手がいない。これで詰みだ。

私は息を吐き出し天井を見上げる。

「……分かった。じゃあ最後にティティと話させて」

ノナを見つめていたティティは、弾《はじ》かれたように私を見る。

不安そうな、悲しそうな目。その彼女に、私は左手を差しだす。

「そんな顔しないで。何一つあなたのせいじゃないの」

「で、でも、あなたたちは……」

「私たちは、自ら選んで挑んでいるの。あなたが大好きよ、ティティ」

ティティが、私の手を見て気づいたらしく目を瞠《みは》る。

彼女は私の手を取ろうと踏み出した。

ユールの手が私の背中を支える。私はポケットに右手を入れる。

そこから取り出した指輪を、ティティが伸ばしてくる指へ――

目隠しを結び終えようとしていたノナが、それに気づいた。

「何を」

「魔力徴発――」

私は宣言する。ユールの魔力を吸い上げる。

私とティティは、同じ指輪を嵌めて手を取り合う。

お互いの目が、お互いの瞳を映し出す。

契約相手の条件は魔力があること。王族がそれを担っていたのは、単に彼らが確実に魔力を持っているからというだけだ。

だったら別に、私だっていいだろう。

ティティリアシャが、可憐《かれん》な唇を開く。

「契約を、行う。遠きものをここへ、近きものを彼方《かなた》へ」

「っ、ティティリアシャ！」

ノナが叫んで手を伸ばす。

ティティが、涙に潤んだ目で私を見つめる。

「これより二つの世界を繋《つな》ぐ。あなたが、どうか私の永遠の伴侶《はんりょ》たらんことを」

「約束するわ、ティティ。絶対幸せな結末にしてあげる」

握った手から光が、満ちる。

次の瞬間私たちの目の前に、細い……赤黒い柱が現出した。

「え⁉」

ティティがびくりと震える。

出現した赤黒い柱。そこから湧き上がってくる空気は、私に既視感を抱かせた。

あれだ、懲役百二十六年の荒野と同じ空気。

「なるほど、あそこが妖精国を間借りしてたっていうのは本当みたいね……」

乾いた風が柱から顔に吹きつけてくる。出現した柱は、私が今まで見たものより大分細い。せいぜい直径一メートルだ。ティティが怯《おび》えた目で私を見上げる。

「ロ、ローズィア……」

「……巻き戻していいわ、ティティ。次はもっと早くあなたのところに来るから」

今のこの時期でこれなら、もっと早くに行えば妖精契約は完遂できるはずだ。

けどティティは、困惑の目で私を見た。

「巻き戻すって、どうやれば……」

「あ」

ティティのあれは窮地に陥ったからこそできるものなのか。

と言っても、私もやり方が分からない。とりあえず下がって対策を――

そう言おうとした時、ぐん、と柱が広がった。

「っ⁉」

ユールの腕が、私たち二人を掴《つか》んで引く。それがなければ、今の一瞬で私たちはのまれていただろう。彼は私たち二人を引いて更に下がる。

柱が急激に膨らみ始める。周囲の空気がゆっくりと渦巻き始める。テーブルが、ランプが、机があっさりと柱の中にのまれた。風が強くなる。カーテンが舞い上がる。

私は隣の友人に言った。

「ティティ、逃げて」

彼女さえ無事なら次がある。私はコマ切れになっても嘘の死だ。厳密には死なない。それに——誰か一人が死ねば、ティティはきっと巻き戻しができる。本気になる。

私は彼女をドアの方へ押しやった。

「さあ」

ティティは私を見つめる。

不安な目をした妖精姫《ようせいき》はそして、柱を目前に見たままのノナへ手を伸ばした。

「ロ、ローズィアも、こっちに……！」

聖女の、本当の名を呼ぶ声。

ノナが弾かれたようにティティを振り返る。

彼女の目はもう目隠しの下だ。驚いて開かれた口だけが、何かを吐き出したそうにわなないた。今はもう死人となった彼女。それでも繰り返し続ける彼女。人を外れ聖女になった彼女が、今だけはまるでただの少女に見えた。ただの、ローズィアに。

柱が膨らむ。もう時間の猶予はない。

私はユールに叫んだ。

「ティティを連れていって、早く！」

柱を見たままそう言う私の体を、けれどユールはティティとまとめてドアの方へ引いた。代わりに彼は自分が前に出る。

「行きなさい、あなたたちで」

「ちょ、」

「僕とあなたは同じ条件ですよ。行ってください」

彼は私を振り返る。いつもの「仕方ないですね」って微苦笑を浮かべる。

ああ、最悪。

本当に、呆《あき》れるほどに優しいひとだ。

「また次で会いましょう。あなたは放っておけないですからね」

「そんなの」

それは駄目だ。彼を次の周回に連れてきては駄目。

アシーライラの贈る百年は、私一人だからこそ耐えられる。彼と一緒では無理だ。記憶が増えていくなら、私はきっと耐えられない。彼にあの年月を味わわせる苦痛に、私が耐えられなくなる。

だから、無理だ。

そんなことを考えてしまって。

一瞬、ほんの一瞬だけだ。思考が止まる。

その一瞬の間に、ノナが自分の右手を柱の中に突き入れた。

「あああぁぁぁああっ！」

苦痛の絶叫が上がる。けれど同時に、柱の拡張がぴたりと止まった。

代わりに彼女の中から何かが柱の中に吸い上げられていくのが分かる。

それはおそらく今までノナが積み上げてきた……彼女自身の、無数の死だ。

ぼたぼたと床に滴る血は赤黒い。それはノナの足下に小さく溜《た》まって広がっていく。

私の視線は黒い血溜まりに吸い寄せられる。

「どうして」

ノナは、この周回を捨てて次に賭《か》けることだってできるはずだ。きっと何度もそれをしてきた。別の私たちにローズィアとして生きる時間を譲りながら、自分は死を積んできた。だから今だってそうすればいい。それだけだ。なのに。

ノナは、少しの苦痛もないように柱を見上げる。その頬を汗が何条も伝っていく。

「どうしてかしら」

柱が巻き起こす風が白いフードを巻き上げた。プラチナブロンドの髪が舞い上がる。

「少しだけ、助けてあげたくなったのかも」

ノナが突きこんだ右手から柱の中へ青白い光の粒が次々吸い上げられていく。

それは彼女が積み上げてきた、文字通り血を吐くような年月そのものだ。

子供だった彼女が一人の妖精姫の死に関わった贖罪《しょくざい》から連なるもの。重すぎる時間。

そんなものを惜しげもなく差し出しながら、彼女は謳《うた》う。

「駄目だったら、また次の千回を積むからいいわ」

あっさりと。乗り遅れたバスを見送るように。

そんなの正気の沙汰《さた》じゃない。簡単に「次を」なんて投げうっていいものじゃない。

でも、きっと、それをしてもいいくらい価値があった。ティティが「ローズィア」と呼んだあの声は。

ノナの死を吸って、赤黒い柱がみるみるうちに縮んでいく。

死人となった彼女の零《こぼ》す血が、大きな水溜まりになっていく。

ノナの顔は真っ白で、でも彼女は揺るがない。細くなっていく柱を見据え続けている。

けど、そうして細くなっていく柱は、両手で握りこめるほどの細さになったところでぴたりと漸減を止めた。

「……っ、」

ノナが唇を固く結ぶ。

ああ、足りないんだ。ここまで来て。ここまで彼女に命を払わせて。

それでもあとほんの少しが足りないなら。

私は立ち竦《すく》んでいるティティに言う。

「ティティ、大丈夫だから巻き戻さないで」

「え？」

ティティは大きな目を見開く。隣のユールが表情を変えた。

「あなた、まさか」

「次は要らないわ。……でも、嬉《うれ》しかったよ。ありがとう」

これは、ローズィアが始めた挑戦で、それに乗ったのも私だ。

だから私たちで閉じる環《わ》だ。他の誰も巻きこまない。

私は駆け出す。ユールの隣をすり抜けて。

私の肩を摑もうとした彼の手が空ぶる。

ノナが私を振り返った。

目が見えなくても合う。言葉にしなくても分かる。

彼女は小さく頷《うなず》くと、細い柱に飛びこむ。

柱は更に縮小し、でも糸状の一本が残った。

ユールの怒声が聞こえる。

「ローズィア、やめろ！」

残念、それは私の名前じゃないんだ。

さよなら。

二人とも愛してたよ。ありがとう。

「この継承を受けたら、もう戻っては来られないの」

真砂はそう言った。ちゃんと説明してくれた。

ループをやめることもできるが、死と引き換えであること。やめた際には一年間の引き継ぎ猶予が与えられるけど、元の自分の人生に戻れるわけじゃないこと。

「それでもいい？」と真砂は念を押してくれた。「それでいいよ」と私は受けた。

※

ノナは「最初は生きる居場所がない娘を選んだ」と言ったけど、あれは私も同じだと思う。働いて食べて眠る生活を送れてはいたけれど、そこに何の執着もなかった。いつ終わってもいいと思っていたし、いつまでもこの生活が続くだろうことに疲れてもいた。

だから「もう戻って来られない」と聞いても、別に構わないと思った。自分のこの先の生活よりも、真砂の望みと真砂の教えてくれた世界の方が大事だった。

ローズィアになった私は、この世界で奔走した。幸せな物語の終わりを迎えられるように必死になっていた。忙しくなってくると、自分がどう思われても構わないから、ほとんど自分の素のまま動いたりした。

私は全然真砂みたいには優しくない。謙虚でも高潔でもない。

でもそんな私を、ローズィアでも真砂でもない私を、彼らは大事にしてくれた。尊重してくれた。愛してくれた。それでもう充分でしょう。

私は物語の中の彼らではなく、目の前で生きて、話して、笑ってくれる彼らを好きになった。何も知らずに同じ世界で出会っても、友達になったし彼に恋をした。

生きるってことは、すごく高いところから飛び降りることに似ている。

私たちは生まれ落ちた瞬間から落下し続けている。

いつ地面に到達するかは分からない。ただいつかは必ずそこにぶつかる。

だったらせめて、好きな人たちのために落ちていきたい。

そんな終わりを、私は望んでいる。

勝ち逃げしてごめんね。

※

「――また来たのかい」

嫌そうな、そんな声が降ってくる。

私は目を開ける。赤い空が見える。私を覗《のぞ》きこんでいるフードの魔女も。

「……アシーライラ？」

「そうだよ、何でもない君」

「何でもないって……」

私は体を起こす。見渡すそこは、いつかの荒野のようで、でも少し違う。空は場所によって色が違う。満天の星空だったり、澄んだ青色だったり。真っ暗な部分もあったり。同様に地面もずっと先は闇の中に埋没していて、どうなっているか分からなかった。

「ここは？　ノナは？」

「死者の国、妖精国《ようせい》。それが君の主観で現出している状態かな。――ノナは消えちゃったよ。あの子はもう死んでたからね。全部使い果たした」

「……そう」

ノナは、それを分かって柱に飛びこんだのだろう。

私もそのはずだった。私は乾いた大地に座ったままアシーライラを見上げる。

「私は？」

「君もちゃんと死んでるよ。ただ私の分の妖精の羽を飲んだからね、かろうじて意識が残ってる感じかな」

アシーライラの笑顔は皮肉交じりのものだ。そりゃそうか。

私は自分の手を握って開いてしてみる。肉体がある、ように見えるけど、やっぱりちょっと違うな。感覚が薄くてゼリーみたい。ノナもこんな感じだったのかな。

「妖精契約がどうなったか分かる？」

「分かるよ。君たち二人の献身のおかげで、無事な収束まであとちょっとってところかな。今回は正しい手順が取られたってのも大きいね」

げ、収束しきってないのか。そりゃノナはともかく私は一人分の死だもんね。

「正しい手順って？」

「契約相手の人間が死ぬことだよ。当たり前だろ穢《けが》れを負う役目なんだから。妖精契約はそれを一生に引き伸ばしてうすーくやっていくから対応できる上限も低いんだ。今の王子は勘がいいから、妖精姫のことを『よくないもの』って感じていたみたいだけどね」

「うわ」

そうなのか。でも言われてみればそうかもね。ロンストンの儀式王がそうなわけだし、やっぱり私が引き受けて正解だった。

ただあとちょっとが残ってるのか。これはまずいな。ユールが何かしちゃいそう。

そんな私の内心を読んだように、アシーライラは悪い笑顔を見せる。

「何とかしたいかい？」

「したいわ。どうしたら教えてくれる？」

アシーライラが親切で教えてくれるはずがないから、これはきつい交渉になりそう。

案の定、アシーライラは、口の両端を楽しそうに吊《つ》り上げた。

「別に、タダで教えてあげるよ。君がそれをできるかどうかは別として」

「なら教えて」

「簡単だよ。この前と同じように、ここを歩き続ければいい」

「え？」

私は荒野を見回す。懲役百二十六年の記憶を思い起こす。

「私も予想してなかったけど、君が馬鹿みたいに歩き回っていたの、大分こっちに溜《た》まっていた淀《よど》みを拡散させてたんだよ。本来は人間の魂を流して拡散させるものを、生者の魂が一人で掻《か》いてたって感じだね。だから現出した柱があそこまで小さくなった」

そんなプールの泥の中を掻いていたみたいに。でも確かに歩いている時、生温い空気の中を掻き分けていくみたいな感じはあった。あれが沈殿していた淀み？　人の死によってこびりついたものが、私が歩くことで少しずつ散らされていた？

いや、でも今問題なのは別のことだ。

「……柱が細かったのは時期を外したからじゃないの？」

「もちろんそれもあるよ。でもそれだけじゃない。君の虚無みたいな百二十六年は虚無じゃなかったと誇っていいよ。まあ、まだ足りないけど」

「あとどれくらい歩けばいい？」

即、聞き返す私にアシーライラは「ふふっ」と楽しそうに笑った。彼女は目を細める。

「さあ、どれくらいかな？　百年かな？　千年かな？　ついでに元婚約者君も助けたいなら、この間より広く、根を詰めて歩かないと。ただ君にはもう肉体がないから、途中で擦り切れて消えちゃうかもね」

「分かったわ」

立ち上がり、歩き出す。考える余地もない。それが必要だというならやるだけだ。

後ろからアシーライラの笑う声が聞こえてくる。

「いいね、君はそうでないと」

「本当に間に合うんでしょうね。前回は半年も経ってたけど」

そこは確認しておかないと。普通の時なら神隠しになってもいいけど、今は一刻を争う。歩き出しながら問う私に、アシーライラは愉《たの》しそうに返した。

「間に合うかどうかは君次第だ。あの時はね、君が『ずいぶん長い間歩いた』と思ったから半年になっちゃったんだよ。君の主観が時間を動かしたんだ。だから間に合わせたいなら、今度《いま》は時間を苦にしちゃいけない。何も考えず、何も気にせず歩き続ければいい。それが未だ残る淀みを蹴散《けち》らしていくことになる。大変だね。楽しいね」

「分かった。教えてくれてありがとう」

それさえ聞ければ充分だ。前回は、自分を失わないために思考を続けていたけど、きっとそれをすると少しずつ時間が経過してしまう。

なら今回は、何も考えなければいい。

考えずに歩く。歩き続ける。この死が流れる場所を。ぽたぽたと自分を零《こぼ》しながら。

「さよなら、なんでもない君。腹立たしいけど、ちょっとだけ楽しかったよ」

アシーライラの笑い声が遠ざかる。
私は歩き続ける。
いえ、何も考えない。
歩き続ける。歩く。歩く——
それは、生きることと同じだ。
顔を上げて、色の変わる空を見上げて。
何の苦痛を覚えることなく、何の感情も抱かずに。
私は私らしく、自分が望むままに生きることができた。
好きなひとができた。大事な友達ができた。
あのひとたちを守って、願いをかなえられる。
充分過ぎる結末だ。
さあ、目を閉じて奈落《ならく》の底へ。
落ち続けよう。歩き続けよう。
何も考えずに。くるくると綺麗《きれい》な円環を描いて。いつか来る終わりまで。
「ああ、楽しかった、な……」
さようなら、わたしのいとしいあなた。
また次でって言ってくれて、とてもうれしかったよ。

3.

『もういいよ。お疲れさま』
囁《ささや》く。誰かの声であり、誰でもない声が、散らされきった淀みの中へ。
『次はむこうの世界で。行ってきて』
周りの皆に背を押される。零れ落ちる。
淀みからほんの一匙《さじ》、小さく残った澱《おり》がぽたりと垂れる。
人の形をとって。
二対の青い羽を背に。
目を開ける。

※

「――やっと起きましたか」

そんな声で目を覚ます。

なつかしい、とてもなつかしい声。

私は何度かまばたきをする。仰向《あおむ》けになったまま視線を動かす。

また知らない場所だ。多分、どこかの宿の部屋。色褪《いろあ》せた木の壁も、椅子一つしか調度品がないこぢんまりした景色も、何も覚えがない。

私はだから、唯一見覚えのあるその人を見上げる。

赤みがかった金髪は本来の色だ。もう染めていないのだろう。穏やかなまなざしと目が合う。現実味のない眺めに、私はゆっくりと左手を上げる。彼に触れてみようとした手は寝たままだから届かなくて、でも彼はその手を取ってくれた。

人の温度。温かいそれはやっぱりとてもなつかしい。

なつかしさが、自分が何者なのか思い出させる。ずいぶん遠くに、全部置いてきてしまったと思ったけれど、私はほとんどのことを忘れない。だから思い出せる。

彼は、私の手の甲に口付ける。目を丸くする私に、彼は微笑む。

「あなたが落ちてくる場所を知るために、魔女に全部を払ってしまいましたよ」

「え」

驚きに体を起こしかけて、でもその瞬間、全身に痺《しび》れるような痛みが走った。

思わず顔を顰《しか》める。ずっと動かしていなくて血が止まっていたところを急に動かしたみたいな感じ。痛み自体はすぐに引いて、後にはじわじわと痺れだけが残った。

　起き上がろうとして横になったままの私は、そこで自分が服を着ていないことに気づく。ああ、身一つで落ちてくるってこういうことか。仕方がない。残っていた自我のまま来られただけで充分過ぎる幸運だ。確かに淀みの中に自我が残っていたら、そこが一番濃いからそれを核に形成しようってなるよね。

　私は掛けられている布で胸元を押さえながら、ゆっくりと体を起こす。横になって見下ろされているっていうのは落ち着かないから。話がしづらい。同時にぱさりと後ろで軽いものが落ちる音がして、振り返るとそこには青い四枚の薄羽があった。私の体はもう大人のものだから羽と合わないのか。寝台に落ちた羽は、まるで目覚めた後の夢のように、すぐに崩れて粉々の破片になった。

　私は彼に視線を戻す。首を傾げてしまう。

　何から聞けばいいのだろう。どれだけ月日が経ったのか、どうしてここにいるのか。妖精《ようせい》契約は無事終わったのか、ティティは、あなたは無事でいるのか――

　聞きたいことが次々溢《あふ》れて、それは私に思い出させる。

　ずっと封じていたもの、動かさないでいたもの、私の記憶、思考、感情、愛。

　その、全てを。

　彼は、何から問おうか逡巡《しゅんじゅん》する私に笑って見せる。

「あなたを放ってはおけないので」

——ああ、なんて。本当に底抜けに優しくて、高潔な人なのか。

一緒だった頃の記憶がなくても、彼は何度でも私に手を差し伸べてくれる。

再会を約束して、叶《かな》えてくれる。

「馬鹿ね」

泣いてしまいそう。そんなのあなたを困らせるだけだけど。

ぎこちなく微笑もうとした私の頬に彼の手が触れる。

「名前を、聞いてもいいですか？」

私は目をまたたかせる。

私の本来の名前。

別の世界から来た、そして新しく落ちてきた私につけられるもの。

私は彼の手に自分の手を重ねる。二度と名乗らないと思っていた名を口にする。

「咲良」

私は私の大好きな人たちのためにこの世界に来て。

大好きな人たちを、より好きになったの。

「あなたの妖精姫よ。愛しているわ」

そして物語は幸福に終わる。

私の旅は続いていく。

章外

自分の体が自分のものではないという経験は二度目だ。

身支度をして、私は鏡を覗《のぞ》きこむ。そこに映る姿は、ローズィア・ペードンによく似ていて、でも少し違う。瞳《ひとみ》の色が前より薄い。曇りガラス越しみたいな薄青だ。

体の感覚もふわっとして少し違和感。真砂からローズィアを引き継いだ当初も、新しい体に慣れなかった。今の私の体は妖精姫のものだから、当分は仕方がないかも。

「お待たせしてごめんなさい」

「これくらいは待ったうちに入りませんよ」

宿の部屋を出て下に降りると、そこで待っていたユールは微笑する。

相変わらず鷹揚《おうよう》な人だ。私がこっちの世界に落ちてくるかどうかなんて分からないのに、アシーライラに私財を払ったあたりもそう。儲《もう》かってるでしょ、魔女。

「さて、じゃあ出発しましょ」

ユールの足下にある荷物の一つを持つと、彼は物言いたげに私を見てくる。

なんだよ。言ってよ。

「本当にネレンディーアを出ていいんですか？」

「あ、それ？　この国にいた方が問題でしょ。ジェイド殿下に捕まりかけてるんだし」

無許可の妖精契約から、今は半年が経過している。

あの柱は消え、ノナとローズィアは死亡。ティティはまがりなりにも契約を果たしたということで、ジェイド殿下との妖精契約はなくなった。今はデーエンの婚約者になっているそうだ。そこに至るまで、相当ごたついたらしいんだけど、ユールが責任追及されながらも上手《うま》くとりなしてくれたらしい。気分は炎上プロジェクトを引き継ぎなしで彼に渡してしまったって感じだ。頭が上がらない。

「いいの。ティティが幸せに暮らしてるなら充分だから。落ち着いたら手紙を書くわ」

ほとぼりが冷めたらティティや父に会いにもいけるかもだけど、今はちょっと避けた方がいい。下手したら指名手配されててもおかしくないし。

私は右手に嵌《は》めた指輪を見る。それはティティとの契約指輪だ。あの柱の前に落ちていたのをユールが拾ってくれていた。今はこれだけが私に残ったもので、それで充分だ。

隣から伸びてきた手が、私の抱えていた布袋を取り上げる。

「あなたがいいなら構いませんが」

「それに、小さい国の方が仕事を取りやすいわ。最終的にはインフラを掌握したい……」

「あなたには本当にほどほどがないんですね」

目標は高い方がいいでしょうが。

宿を出て、ネレンディーアの田舎町を乗合馬車が待つ広場に向かいながら私は嘯《うそぶ》く。

「あなたに不自由な暮らしはさせないわ。支払った以上のものを返すから」

ユールは儀式王として即位した後、お兄さんに王位を譲った。処刑は交渉してナシにしてもらったんだって。どうもアシーライラが「私が戻って来る可能性がある」ってユールを焚《た》きつけたらしい。ただ代わりに身分も返上。いわゆる「死んだことになった」ってやつだ。前回の彼はその後肺病を発症してたけど、多分今回は平気。私が歩いていたから。けどアシーライラがちゃっかりユールの得た財産を持っていったから、その分私が返さないと。

ユールは、声を上げて笑い出す。

「あなたは、なんにでもその調子なんですね。自分一人で何とかしようとする」

「できることはやるでしょ」

「僕がいますよ」

「………」

「なんですか、その顔は」

何ですかって言われても。

「あなたにはもう充分すぎるほど助けてもらったわ。私が借りを返す番でしょう」

「そうですか？　僕が無事でいるのはあなたのおかげだと魔女に言われたのですがね」

「アシーライラァ！」

何余計なことを言ってるんだ。次に会った時は財産徴発できないか試しちゃうぞ。

「……それはそれ、これはこれだわ。私は前のあなたにずいぶん助けてもらったのもあるし。でも今のあなたには関係ないわ」

「関係ないんですか」

「関係ないの。記憶を保持してないでしょう」

「あなたが愛しているのは前の僕ですか？」

「そっちは関係ないわ。あなたの人柄が好きだから」

「都合よく使い分けてませんか？」

「さあ？」

あ、なんかちょっと釈然としない顔してる。

「私はあなたのことを知っているけど、逆はそうじゃないでしょ。拾ってもらっただけで充分だし、付き合いの短さに比べて手をかけてもらう不均衡さは落ち着かないわ」

「あなたは、甘え下手ですね」

痛いところつくな！　今だって荷物持ってもらってるの落ち着かないからな！

「前に暮らしていた世界では人に頼る必要がなかったのよ。特にそれで困らなかったし」

だから人に何かを依頼する時にはフェアに、対価を以《もっ》て。そういうことが当たり前だったから、ユールみたいに無償で優しくしてくれる、っていうのは素直に受け取れない。

「ではそのあたりは、のんびりすり合わせていきましょうか」

「別に……放置しておいていいわ」

「そういうことを自分で言わないように」

「ハイ」

くっ、やりにくいな。落ち着かない。広場に入ると、乗合馬車の受付は始まっている。

ユールは隣国まで行く馬車を選ぶと、案内人のところで会計を済ませた。

「夫婦二人で」

平然と嘘つくなこの人。私もだけど。戻ってきた彼は、私の呆《あき》れた視線に微笑した。

「そういうことにしておいた方が話が早いんですよ」

「そうね。扶養控除がある国かもしれないしね」

「なんですか、それは」

扶養控除は多分ないね、ハイ。私たちは乗合馬車に乗ると並んで座る。半ば癖のように右手の指輪を見る私に、彼は言う。

「いずれはあなたも、あなた自身が妖精《ようせい》契約をしないといけないのでしょう?」

「そうね」

ティティの分を時期をずらしてやって、残っていた澱《おり》も一掃してきたけど、何度もループの原因になったあの巨大な死のいくらかは、私の妖精契約によって流さなければならない。時間の猶予はあるだろうけど、安全のためにはいずれ必ずやった方がいい。

「ならその時は僕が指輪を作りますよ」

当然のことのように彼は言う。私は脚を組み、その上に頬杖《ほおづえ》をついて彼をじっと見つめる。物言いたげな視線に、彼は気づくとおかしそうに笑った。

「どうしました？」

「奇特な人だと思っただけ。でもあなたはいつもそうね」

「あなたは僕の妖精姫なんでしょう？」

「そうだけど、そういう意味じゃない」

「どういう意味なんですか」

「……正直、あなたに愛されるのは……解釈違いというか……」

本当に正直なところを口にすると、ユールは信じられない生き物を見る目で私を見ていた。くっ、不本意。だけどそういう顔される理由もわかる……わかるけど……！

何と言い訳しようか迷っているうちに、彼は優しい目になる。

「あなたの愛情は献身なんですね。本当に受け取り下手だ」

「……愛される因果関係が明確なら納得するわ」

「ではそれを築いていきましょう。あなたが愛されることに慣れるように」

ええ、逃げたい……。がたん、と音がして馬車が動き始める。隣に座る彼が言う。

「もう走らなくていいですよ、さくら。僕が隣にいる時くらいは」

そんなことを言われるのは、初めてだ。

私は赤くなる顔を背けて、遠ざかる街の景色だけを見る。

悲劇を回避しても、泡にならなかった以上生きていかないといけない。

※

ネレンディーアを出て小さな国に移動して、私たちはそこで生活の基盤を整えた。何も持ってない一からだから、ユールに苦労はさせたくないって思っていたけど、結局のところ彼が旅の歴史家として築いていた人脈は大きかった。王族の身分より普通に旅していた頃の彼の人徳の方が意味があったんだ。色んな人が新生活を援助してくれた。

そんな人徳を借りて仕事を始めて二年、私は相変わらず働いてます。

「奥さん、これはどこに置きますか？」

「北側においてちょうだい。隅から詰めていって。あと奥さんじゃないから」

きっぱりと付け足すと、木箱を運んでくれている若者は「えっ」って顔になった。

「奥さんですよね。商会長の」

「結婚してないし、商会を実質動かしてるのは私だし、でも確かに商会の名義はあの人だから、そうと言えばそう！」

一息で言いきる私に、ぽかんとしていた彼は確認する。

「……つまり、奥さんでいいんですよね？」

「それでいいわ……」

ここでこだわっても相手の作業の手を止めるだけだし、もう好きに呼んでくれていいです。皆が軽やかに木箱を運んでいくのを見ながら、私は書類を確認する。資材倉庫の準備は順調だ。予定よりむしろ早いくらい。進捗《しんちょく》に余裕がある。

「よし……これからよ。これから」

「――何がこれからなんですか？」

「わっ」

急に背後から声をかけられ、私は飛び上がる。そこに立っていたのは名目上の「商会長」であるユールだ。ちなみにまだ結婚はしてないから本当に。

私は跳ね上がった心拍数を抑えるために、心の中で平静を唱える。

「急に話しかけないで。悪だくみをしている時に驚くでしょう」

「悪だくみをしてたんですか？」

「ええ、そうなの。傷んだ街道を修復して、道沿いに商会の息がかかった店を誘致して宿場町を新設しようと思っているのよ」

「そういう事業を今やっているんですよね？　国の助成を取り付けて」

「はい」

真面目に言い直さないで。恥ずかしいから。

私が新しい国に来て始めた仕事は多いけど、今一番大きいプロジェクトがこれ。街道の補修事業。経年劣化でぼろぼろなんだけど、「これくらいまだ使えるだろ」って感じで放置されてたところに手を挙げた。助成金があるとはいえ、ほぼ慈善事業みたいな感じだけど、私の狙いは街道沿いの土地を確保すること。資材倉庫とか作業員の宿舎とかの名目で安く買わせてもらったけど、工事が終わった後も土地の権利はそのままでいいって国と約束してる。ここにうちの商会から店や宿を出そうってわけ。人通りはあるし競合相手がいないからいける。むしろ「あの街道の方が綺麗《きれい》で賑《にぎ》わっているからあっちを使おう」ってところに持っていくのが目的。今はまだ新進気鋭の商会だけど、数年のうちには国で一番の商会にするからね！

けど意気込む私にユールは大体苦笑だ。私の性格が分かってきて諦《あきら》めてるぽい。

「図書館の件、許可が下りたので持ってきましたよ」

「え、早い。ありがとう！」

私は彼の手から許可証と設計書を受け取る。王都に私設図書館を建てたいと思って、一年以上前から根回ししてたんだ。その許可がようやく下りた。今も図書館はあるにはあるんだけど、貴書の保管がメインで普通の人は入館できないんだよね。

真剣に目を通し始める私に、ユールは日だまりみたいな笑顔を向けた。

「よかったですね。子供が使える図書館をずっと実現したがっていたでしょう」

「そうね。そこで学んで育った人間が、恩を感じて将来うちの商会の役に立ってくれるかもしれないし」

「商売人らしい言い方をしなくても、あなたの心根は皆もう分かっていますよ」

「やりにくいなあ、もう！　利害関係の話にした方が、話が通じる人もいるの！」

本音を言うと、教育福祉はできるだけ充実させていきたい。私自身がそうやって社会に助けられたから。こっちの世界じゃないし、もう戻れない世界の話だけどね。

でも人生って本当にささいなことで変わったりするから、できるだけ好転する糸口を数打っておきたい。大それた野心かもしれないけど、そういうモチベがあると「どんな仕事を始めようか」って時の判断基準になるから。

「任せて。三十年後のこの国を変えてみせるわ」

「あなたはいつも全力で面白いですね。はい、手紙が来ていましたよ」

そう言ってユールが差し出してきたのは白い封書だ。誰からかすぐに分かる。

受け取って差出人を見ると、そこには予想通りティティの名が記されていた。

「今、読んでもいい？」

「どうぞ。あなた宛てですし」

中を開けて私が手紙を三度読む間、ユールは現場の指揮を代わってくれる。商会長なのは名義だけで、普段は本の編纂《へんさん》業務が仕事なのに何でもできるなこの人。私ももっと頑張らないと。

手紙に書かれていたのはティティの近況だ。デーエン殿下が優しくしてくれること、宮廷に親しい人間が少しずつできてきたこと、来年には結婚式を挙げること、私の立場的に参列は難しいだろうから、一度会いに来たいということ。

一文一文に目頭が熱くなる。彼女が幸せであることが嬉《うれ》しい。ああ、真砂やノナにも伝えたかったな。彼女たちがどれだけこの未来を望んでいたか、私はよく知っている。

四度目を読み終えて封筒に手紙を戻していると、ユールが戻ってくる。

「その様子ではいい知らせだったようですね」

「ええ、おかげさまで。ティティの結婚式には何としても参列したいわね。ネレンディーア貴族の誰かを弱みを握って脅してやろうかしら」

「何であなたはそうなんですか。ジェイド殿下に話せば通してくれると思いますよ。もちろん秘密裏にですけど」

「安心できないから駄目。私は王侯貴族と商人に無償の厚意はないと思ってるの」

「あなたは充分な功績を先払いしてると思いますけどね……」

そう言われても駄目なものは駄目。今の私は野良《のら》妖精《ようせい》姫なんだし用心しないと。

頑《かたく》なな私にユールは肩を竦《すく》めると「ああ、そう言えば」と続ける。

「そろそろ結婚しませんか？」

「急に何」

めちゃくちゃびっくりしたよ。持っていたもの全部落とした。

ユールは散らばった書類を拾うのを手伝ってくれる。

「二人でこの国に来てからもう二年でしょう。あなたは、僕があなたのことをよく分かっていないと気にしていましたが、二年も一緒にいればさすがに分かります」

「ぐ……まさかそう来るとは」

「なんで悔しそうなんですか」

なんでと言われても。途中で愛想をつかされるかと思ってたし、「仕事仲間としてはいいけど恋愛対象じゃない」ってなるかもと思ってた。彼がずっと私を大事にしてくれてることには途中から気づいてたけど、こんな風に切り出されるとは思わなかった。なんとなくなあなあで十年二十年過ぎるかと……。

自然に顔が赤くなる。何だかすごく恥ずかしい。いや、照れくさいの方が近いかも。

答えないままの私に、優しい声が言う。

「二年間が決して短くないことは、あなたが一番よく知っているでしょう」

何人ものローズィアたちが繰り返してきた二年間。その重みを知っている。

二年あれば充分人を愛せる。一生を共にしてもいいと思えるくらいに。

「どうですか、さくら」

「……いいわ。私もちょうど同じことを申しこもうと思っていたの」

「どうしてあなたはそんなに負けず嫌いなんですか。可愛らしいからいいですが」

「もうやめてってば！　私の負けです！　結婚しましょう！」

まったく締まらない。でもこれが私たちらしいのかも。

物語は終わり、でもその後も人生は続いていく。私は私の愛する人と。

誰かの心に残り続けなくてもいい。ありふれたこれがハッピーエンドだ。

本書は二〇二三年から二〇二四年にカクヨムで実施された第9回カクヨムWeb小説コンテスト〈恋愛（ラブロマンス）部門〉特別賞を受賞した作品に加筆修正の上、文庫化したものです。

この作品はフィクションであり、実在の人物・地名・団体等とは一切関係ありません。

成《な》り代《か》わり令嬢《れいじよう》のループライン

繰《く》り返《かえ》す世界《せかい》に幸《しあわ》せな結末《けつまつ》を

古《ふる》宮《みや》九《く》時《じ》

令和7年 2月25日　初版発行

発行者●山下直久

発行●株式会社KADOKAWA
〒102-8177　東京都千代田区富士見2-13-3
電話　0570-002-301（ナビダイヤル）

角川文庫 24535

印刷所●株式会社暁印刷
製本所●本間製本株式会社

表紙画●和田三造

●お問い合わせ
https://www.kadokawa.co.jp/（「お問い合わせ」へお進みください）
※内容によっては、お答えできない場合があります。
※サポートは日本国内のみとさせていただきます。
※Japanese text only

ISBN 978-4-04-115716-9　C0193

◇◇◇

角川文庫発刊に際して

角川源義

第二次世界大戦の敗北は、軍事力の敗北であった以上に、私たちの若い文化力の敗退であった。私たちの文化が戦争に対して如何に無力であり、単なるあだ花に過ぎなかったかを、私たちは身を以て体験し痛感した。西洋近代文化の摂取にとって、明治以後八十年の歳月は決して短かすぎたとは言えない。にもかかわらず、近代文化の伝統を確立し、自由な批判と柔軟な良識に富む文化層として自らを形成することに私たちは失敗して来た。そしてこれは、各層への文化の普及滲透を任務とする出版人の責任でもあった。

一九四五年以来、私たちは再び振出しに戻り、第一歩から踏み出すことを余儀なくされた。これは大きな不幸ではあるが、反面、これまでの混沌・未熟・歪曲の中にあった我が国の文化に秩序と確たる基礎を齎らすためには絶好の機会でもある。角川書店は、このような祖国の文化的危機にあたり、微力をも顧みず再建の礎石たるべき抱負と決意とをもって出発したが、ここに創立以来の念願を果すべく角川文庫を発刊する。これまで刊行されたあらゆる全集叢書文庫類の長所と短所とを検討し、古今東西の不朽の典籍を、良心的編集のもとに、廉価に、そして書架にふさわしい美本として、多くのひとびとに提供しようとする。しかし私たちは徒らに百科全書的な知識のジレッタントを作ることを目的とせず、あくまで祖国の文化に秩序と再建への道を示し、この文庫を角川書店の栄ある事業として、今後永久に継続発展せしめ、学芸と教養との殿堂として大成せんことを期したい。多くの読書子の愛情ある忠言と支持とによって、この希望と抱負とを完遂せしめられんことを願う。

一九四九年五月三日